——想象，比知识更重要

幻象文库

盘上之夜

[日] 宫内悠介 著

彭泽莲 王雪妃 译

新 星 出 版 社 NEW STAR PRESS

目录

盘上之夜

Dark beyond the Weiqi

灰原由宇的出身可说是非常神秘的，但据《八方报》当时的报道，她曾明确说过自己出生于东京。从上中学后到出国之前，灰原在东京的驹込度过了自己的少女时代。有一张这段时期的棋谱[①]广为流传，据说就是她和相田淳一九段[②]的让五子棋[③]对局，但实际上这是相田为了炒作由宇，自己编造出的假棋谱。

说这是假棋谱，是因为之后相田九段亲口承认了此事。正因如此，在这张棋谱中，他对由宇的那份近乎憧憬的期待表露无遗。棋谱中，序盘[④]时由宇宛若一个刚背会

①指双方对局记录。——译者注（若无特殊说明，文章所有注释均为译者注。）

②围棋棋手最高等级称号。

③让子棋是指对局双方棋艺水平有差距时采用的一种对局形式。让五子棋是指黑方先在棋盘指定位置放置五枚棋子，然后白方再下子。

④也称初盘，一局棋开始的布局阶段。

棋谱的小孩，急于抢占先机，这并不是被推崇的下法。但另一方面，她反而选择了沉稳的定式[①]，这当然也是相田编造出来的，但由宇独特的想法却在棋子的移动中体现出来了。一位并不清楚围棋常规下法的少女，悠然地思考，不停落子的模样，浮现在了读者面前。

不知相田写下这张棋谱时是怀着怎样的心情，但可以从中窥见他在由宇身上看到的天分与才能。相田应该是通过由宇看到了未来围棋应有的模样。正因为如此，联想到她之后的失意与遗憾，反而更令人心酸。

实际上，由宇直到十五岁才接触围棋，历代拥有名人[②]与本因坊[③]等头衔[④]的棋手们在这个年龄都已经入段[⑤]了，因此她算是学棋较晚的那一类。她开始下棋，是在海外失去四肢以后的事了。

不过我想先回顾一下，她那寥寥数年的巅峰期中有名的正式对局。灰原由宇八段执黑先行，她的对手是安希

---

①又称“定石”。指用最稳妥的顺序，而且能禁得住以后的检验，从而被固定下来的定型。

②日本围棋高手荣誉称号。原指日本围棋界一代唯一的九段选手。现指“名人战”比赛冠军获得者。

③日本围棋高手荣誉称号。原为日本围棋四大棋家之一。现指“本因坊战”比赛冠军获得者。

④某些比赛冠军的特定称呼。日本常说七大头衔：棋圣、本因坊、名人、十段、碁圣、王座、天元。

⑤指拥有围棋职业一段称号。

俊十段[①]。这是一场被称为本因坊战[②]的挑战赛。序盘进行得非常平稳，还出现了“秀策的小尖”[③]这种古老的棋型，对手对此无计可施，这种下法因此再次受到好评，现在业余爱好者们也经常使用。

灰原由宇无法拿子，代替她下黑子的是相田。如果相田愿意，他也可以按照自己的想法放棋子，因此这一特例在实施前曾有过争议。有关这件事，我想之后再详细讲述。

临近中盘[④]时，由宇和安两人都面色狰狞，目光聚焦于棋盘之上。由宇坐在专用靠椅上，额头开始不断有汗珠滑落，相田则在旁用手帕帮她擦干。

相田让由宇住在他家，还照料着她的一切大小事务，他也是曾有过棋圣[⑤]之称的人物，考虑到这点，这一画面实在不同寻常。但是如果没有他这种奉献，就不会诞生灰原由宇这一棋手了。后来由宇甚至一度被称为“鬼女”，这不仅是因为她围棋实力强劲，也可能是因为对局时的这种画面给人留下了深刻的印象。

由宇刚回国时，曾借住在名誉棋圣[⑥]新见秀道家中，

---

①十段不是围棋中固有的一个等级，是指十段头衔战冠军称号。

②日本重要新闻棋赛。由日本《每日新闻》社举办。创始于 1939 年。

③日本著名棋手本因坊秀策常用的一种下法。

④双方在序盘之后进行全局性战斗的阶段，决定一局棋胜负的重要时期。

⑤棋手最高荣誉称号，现指当代日本重要新闻棋赛棋圣战冠军获得者。

⑥对在围棋事业上做出成绩和贡献者的荣誉称号。

据说新见夫妇很是疼爱她，不过她被醉酒回家的新见像猫一样踩了好几次，就算新见可能并无恶意，但因为发生了这种事，她还是搬到了相田的公寓。由宇的父母很早就去世了，曾依靠过的亲戚们在她回国后也越发面露难色，因此她搬家和借住他人之处反而得到了亲戚们的支持。

这种奇妙的共同生活，好像进行得还算顺利。这两个人乍一看像是看护关系，但又像是以关门弟子身份入住的师徒关系，赚钱的是由宇，至于相田，他之后在当打之年隐退，一直作为由宇的影子留在围棋界，也难怪世人都觉得这件事非常奇异。关于这其中的内情，相田似乎也屡屡被问及。“这就是相场[1] 的分水岭。”他曾在《八方报》上如此说道。

他使用了相场这一围棋术语，是为了表示自己和由宇才能的差距，但也只有曾是顶尖棋手一员的相田才能说出这样的话吧。他现在已经不用再帮由宇放下棋子，每当八方社处于决算阶段时，就偶尔会出现希望他复出的声音，但相田却再未以职业棋手的身份回归过围棋界。

“由宇与安十段的对决在中盘时局势已定”，报纸上的新闻如此解说，“双方行走到棋盘中央时，黑棋占上风，白棋如果能控制二子就可以存活更长时间。但灰原用了大

①日本围棋术语，指黑白双方都满意当前局势，势均力敌。

胆的一招，对方已无计可施。”然而，此时由宇喃喃道，“星位[①]很痛”。虽说这可能只是句牢骚，但因为形容得太过奇妙而让人印象深刻。也许还有人能联想起来将棋[②]棋手坂田三吉[③]的那句“银将[④]在哭泣”。即使如此，星位是指棋盘上布置好的九个黑点，因此它们应该感受不到痛苦，像这样把非生物比喻成生物，将人类的感觉投射于其中的说法，一般叫作拟人，在修辞学上也被称为活喻。据相田九段在后来的说法，这种理解是一种错误的推测，那句喃喃自语正是解读由宇这位异端棋手的关键。

“那时由宇是基于一种现实的肉体感觉，感受到了星位很痛。”

相田过着隐遁的生活，我与他约好在空蝉桥下某个酒店兼婚礼会场碰面。窗外，一群年轻的工作人员提着伴手礼在等出租车。相田现在住在大塚，离这里很近，所以他指定了这个地方碰面。他现身时穿着一套几年前就已过时的西装，说是在北口一家小吃店的二楼独居，这让人觉得他的生活似乎不怎么宽裕。八方社董事在上任时也提到过，退隐以后，相田彻底与围棋界划清了界限。

---

①也称“星”，棋盘上用黑点标出的九个交叉点。即“4，四”“10，四”“16，四”“4，十”“10，十”“16，十”“4，十六”“10，十六”“16，十六”。

②也称本将棋，一种流行于日本的棋盘游戏。

③将棋棋手，拥有名人与王将的称号。

④将棋的棋子名称。

“也可以说是幻觉。”相田继续道，“她好像是感受到身体的一部分很痛一样，觉得棋盘很痛。她的大脑感受到了痛苦。这是感官的恶作剧，也可以看成是精神分裂的临床症状。”

“灰原八段有精神分裂症吗？”

我不禁这样问道，我因为从棋手口中听到了精神病专业术语而感到十分惊讶。但当我说出这个想法后，相田谦虚地道，“现学现卖而已。”这个在比赛时被称为“杀手”、令人害怕的男人，实际上态度温和，对谁都一视同仁。

“在我看来，由宇与精神分裂患者有所不同。她很容易激动，却也平易近人。与其说产生那些感觉是一种病，不如说更像是源于她的经历。”

相田语气温和，面色明朗，毫无阴霾，据说他现在偶尔会下指导棋[①]，除此以外就是靠打短工来勉强维生。但在他身上感受不到时间的沉淀，这不禁让人联想到了仙人。

相田时不时会垂下眼眸，瞥一眼桌上糖罐的周边。注意到我的视线后，他低声说了句：“这是习惯。”和人面对面坐着时，他会偶尔露出像在无意识寻找对局计时器的目光。谈话没有朝预期的方向发展，而是转移到了个人的精神状况上，在我快要想不出合适的问题提问之际，相田开

①段位高的棋手与段位低的棋手之间进行的含有教学性质的对弈。

口了，“说起来……由宇有一次戴着假肢参加过比赛，您还记得吗？”

“记得。”

那场对局我也记得很清楚。为了纪念由宇的功绩，理事会向她赠送了假肢。据说使用了脑机接口，可以通过思考来操作，是当时最先进的假肢。

“对这个意料之外的礼物，由宇非常开心。我们俩甚至还去挑选了配套的衣服。这可能听起来有些夸张，但那时我们都觉得自己将会迎来新生。但是，装上假肢以后的第一场对局，由宇惨败。”

那天的情形就仿佛是齿轮错了位。由宇的对手是高山健七段，虽然大家私下说他的围棋技术没到一流水准，但他的文笔很好，在杂志上写的观战记之类的文章轻松易懂，读者对此评价很高。棋力上则是由宇占上风，或许还能轻松获胜。但当对弈开始，由宇却一点点地落于了下风，她虽然多次下出胜负手[①]，但等回过神来时败局已无法挽回。

“装上假肢的由宇，已经不是由宇了。”相田说道，“棋盘和棋子，才是由宇的手和脚——这是字面上的意思。”

那一战后，由宇再也没有装过假肢。无论是正式对局还是私底下，她都坚持着这一点没有丝毫改变。

①形势不容乐观的一方下出的足以扭转局面的关键之着。

“您知道‘幻肢痛’这个词吗？”

“是指失去了手脚的人，感受到本不存在的手脚发生疼痛的现象吗？”

“是的。人们经过很长时间才将触觉与现实中自己的手脚联系在一起。正因如此，大脑错以为手脚还在，所以引发了这样的幻觉。”

相田继续说道，“然而，在由宇的大脑里，围棋就是一切，一直活在只有围棋的世界里的大脑独自开辟了另一个世界。原本花了很长时间构建出来的感觉地图，立刻就被重新覆写掉了。”据相田所说，棋盘和棋子在由宇的大脑里绘制了一部分新的触觉地图。

“星位很痛——这对由宇来说，是一种现实的肉体感觉。”接下来，相田滔滔不绝地列举起专业术语，“所以……星位是由宇的中指，小目① 是无名指，高目② 是食指，三三③ 是小拇指，扳粘④ 是触觉小体，尖顶⑤ 是环层小体，飞⑥ 是

①又称“三四”。在棋盘空角上的3，四位置下子。

②也称“四五”。在棋盘空角上的4，五位置下子。

③布局着法。在棋盘空角上的3，三位置下子。

④采用扳的着法，又将可能被对方切断的棋子连接起来。

⑤“尖”指在原有棋子相距一路的对角交叉点上下子。“尖顶”指下在尖的位置上，兼起顶撞对方棋子的作用。

⑥在原有棋子呈“日”字形的对角交叉点处下子。

梅克尔触盘，象步[1] 是皮下神经终末……我想表达的，你能理解吗？由宇是能够用皮肤感受棋盘的人类。她能用触觉捕捉到围棋的某种局势，甚至是过去与未来的局势。这就是由宇的特殊能力，而这也正是她不可能被其他棋士模仿之处。”

“你突然这么说，我也……”我闭上嘴，最终，只能将对方说的话换了种说法，“灰原八段的大脑代替了她失去的手脚，直接将围棋盘与身体连接在了一起。正因如此，戴上假肢以后，她的感觉变得错乱。您是想表达这个意思吗？”

“我认为是这样的。当然，您不相信也没有关系。”

“……你直到现在，还在等待灰原八段吗？”

我很唐突地问了这个问题，因为我发现相田正在眺望窗外的眼神太过悠远。相田稍作思考，最后苦笑着回答：“我不知道。”

现在回想一下他们两人的经历，我甚至觉得，相田和由宇，如果没有遇见彼此可能会更好。这两个人都太过拼命，而且也都非常认真。这一切都起源于两个人的邂逅。

前面讲到过，由宇在海外失去四肢后才学会下棋。那

①也称“飞象”。在原有棋子的“田”字形（中间无其他棋子）斜对角交叉点上下一着。

段经历大致是这样：毕业出国旅行的由宇，在一家食品店里喝了杯茶后随即晕倒，之后她在陌生医院的病床上醒来。

她觉得自己应该是被下了药，尽管语言不通，但从医生和护士的态度来看，她还是能感觉到自己应该是遇到了非同寻常的状况。在发现自己失去了手脚以后，由宇花了很长时间才接受了现实。但她依然觉得就连医生给她拍照，也可能只是出于医学上的研究目的，那些照片可能是要用来写论文的。

实际上，对她进行外科手术是为了迎合某些好事者的嗜虐意图，而拍照则是为了对她进行拍卖。最终买下由宇的是一名自称“马”的老年赌棋手，据说马赢了一场奖金丰厚的比赛，他用那笔奖金买下了由宇。

这件事也有内幕。马原本对那场比赛并没有兴趣，但他被卷进了黑社会的内斗中，不得已参加了比赛，赢了后又害怕因为拿到了高额奖金而被杀，所以他才通过输钱一方的人口贩卖组织买下了一个人，想用这种方式将赢来的钱还回去，以求自保。

但马因此变得几乎身无分文，他赌棋输了就会把由宇暂时抵给对方当作赔偿，这样的生活持续着。除此以外，由宇至少还是被当成人来对待，这也算是不幸中的万幸。这个时期由宇从马那里学会了当地语言，但大多是一些下流的词语。尽管如此，由于赌棋手过着当天挣当天花的生活，对这种人来说，不能自由行走的同居者是个大累赘，而且马也应该想过如果遇到合适的机会，就用由宇来做别的买卖。或许马是把由宇当成了同伙。

我曾去当地打听过马的音信。得知他在失去由宇后好像也没了运气，那之后逢赌必输，再后来他去高速公路上碰瓷讹诈，结果失手卷入车轮下被轧死了。在一家据说是他工作过的围棋会所里，大家评价道："他虽然不是什么好人，但某些方面像小孩一样让人讨厌不起来，遇到那种事故真是太可怜了。"

对了，那时店里的柜台上，放着一本由宇参加本因坊联赛时的日文版《周刊围棋》。

"你是为了她来采访的吧？"店主这样问道。

熟客们也加入了对话。大家一直问我，她现在怎么样了，身体还好吗之类的问题。从说话的样子来看，虽然他们应该也不止一次"抱过"由宇，但此时却也是真诚地担心由宇的身体，而且他们大都并无恶意地认为由宇坚强而可爱。还有人说，答应和马赌棋其实是为了由宇的生活。讲述马买下由宇经过的也是这些熟客中的一员。客人们热情地回忆了一会儿以后，经一人提议，大家一起在纸上写下了"由宇加油！"并托我转交给由宇。

从日本人的角度看，这里每一个人应该也是加害者中的一员。但当我按他们的请求，说起由宇在围棋联赛中的活跃表现时，这些人仿佛是看到了自己的老熟人出人头地了一般开心，甚至还有人哭了起来。因此我完全忽略了他们可能会持有的恶意，最后对他们谎称由宇虽然退役了但目前在日本过得很好。

这些人都很喜欢由宇，没有一个人说她的坏话。但与其说这是出于她的天性，更像是她为了生存下去必须与人交好。她当地语言说得不好，甚至不能走路，在这种情况下，由宇必须考虑偷偷逃走的办法。她不信任当地的警察，虽然她希望大使馆能知道自己的消息，但以由宇的思考能力，她很清楚几乎没有这种可能性。

于是，由宇最终将目光锁定在了围棋上。

也就是说，由宇学围棋不是出于兴趣，也不像民间爱好者们所说的是为了获得神授妙手。其实只有一个理由，那就是重获自由。由宇在看马下棋时记住了围棋的规则，虽然她没有棋盘，甚至连纸笔都没有，但她一直在大脑中与假想的对手对弈。最开始她只能想象棋牌盘的很小一部分，但渐渐地她想象的范围扩大了，最后甚至在她的大脑里出现了好几个棋盘。经过多次模拟，她笼统地掌握了布局、中盘、收官[①] 这些概念。

---

①指一局棋中盘战结束以后，终盘阶段双方继续占领地域，并使地域的所属更加明朗化的一系列着法。

马经常带着由宇去赌棋现场，因此她有机会看到对局。但是，由宇的计划是对学围棋这件事极度保密，在马闹着玩儿似的想教她下棋时，她总是表现得漫不经心糊弄过去。她观察着马的每一个对手，等待值得信赖的人出现。

由宇终于注意到了一个人，他是那段时间来赌棋的熟客，一个经常赢棋的小个子中年男人。这个男人和其他客人的气质不同，他只要拿起棋子，周围的气温就好像会下降几摄氏度。当他下够了棋，在一旁喝茶闲聊时，店主突然问他胜利的秘诀，男人回答道："我是用脊梁骨在下棋。"在他旁边，由宇若无其事地对马说。

"马，和我下一局吧。"

"怎么？你会下围棋了？"

此时由宇下定决心对马说道，如果她赢了，马就要还她自由。但由宇这边没有东西能拿来做赌注，如果退缩的话就赌不成了。因此她只能利用马的自尊心，让他接受挑战，幸好在围棋会所里还有很多旁观者。

"自由了以后，你这种身体能干什么？"马虽然冷笑着，但还是从容不迫，他说道，"你说想下在哪里，我来给你放棋子。"便开始摆起了让子棋的布局。看到他这样，别的客人也开始拿起棋子，此时由宇叫住了那位熟客。

"等一下，你能来当见证人吗？"

请他当见证人，是为了监视马的不正当行为，也是为了让约定的事能够实现。这对马来说是意料之外的，他脸上慢慢涌上血气，声音也自然而然地颤抖起来。

“我可是赌棋手。”马喃喃道，但之后还是沉默了。

“那我来做见证吧。”客人答应了，于是比赛总算开始了。

“不过最多下两个小时。之后我还有事。”

双方用时不得超过一小时。超过时限的一方当场判负。见证人代替不能拿棋的由宇来下子。下了十几手以后自然就能看出棋力了，马很快就停手开始思考。

“偷偷学了很多嘛。”马的语气里充满了被背叛的愤恨，“等比赛完了……你知道吧，我会让你后悔的。”

由宇对他的话感到很害怕，但她总归已经没有什么可以失去的了，她毕竟与赌上了棋手面子的马不一样。渐渐地，马明显越来越焦躁。据说这时由宇稍稍眯起了眼，露出一副像是快要睡着的表情。

由宇在比赛进入最后阶段的时候，总会突然出现这种表情。后来在采访中被问到这个表情的意思时，她回答说“我在攀登冰壁”。因此她被半开玩笑地称为围棋界的莱因霍尔德·梅斯纳尔[1]。但她对这种说法反应很冷淡，有人曾

---

① Reinhold Messner，著名意大利登山家。

指出："那么，灰原老师开始深呼吸以后，一定要小心。"她毫不客气地回答："高处不能深呼吸。"

"在高峰的顶点附近，气温会下降至零下几十摄氏度。如果在这种环境下深呼吸，肺部的水分会冻结成冰。因此在极地深呼吸是非常危险的。"

这个小插曲被用来表现由宇的认真。但也有下面这种不知真假的故事。

某天，得了外耳炎的由宇前往耳鼻喉科，医生说："你这简直就像是登山家的耳朵。"因为她得的这种病是一种慢性炎症，外耳道会越来越窄，这种症状据说总是出现在经常爬山的登山者身上。

关于这一点，相田说："由宇在朝着棋理尽头的天空攀登，她钉着看不到的楔钉，一直抓着假想的登山抓头。在这个过程中，她的身体产生了变化也并不让人意外。"不知这些话有多少是出自真心。但从这件事也可以看出，相田果然还是可能对由宇有仰慕之情。

但是这种话由他们这些人说出来，有着不可思议的临场感与说服力。其中最典型的应该是由宇的那句回答。进入快棋淘汰赛的决赛后，被问到理想时，由宇这样回答。

"我想用抽象改变这个世界。"

且说，马和由宇的比赛在中盘即将结束时大局已定。

中央部分出现了被称为大劫[1] 的棋型，马看起来有些沮丧。不过马只花了不到三十分钟，而由宇却花了五十多分钟。再加上由宇得先指定位置，再让见证人放下棋子，因此无论怎样她都会越下越慢。而马尽管已经看清了局势，但他可以拖延比赛，使由宇超过规定时限。于是马朝对方布阵的角落下了棋子，虽然这种下法不合理，却让由宇难以还手。这是只有赌棋手才能想到的办法。

这时，见证的男人没有问由宇下一步的位置，间不容发地放下了棋子。因此马插嘴道："这是犯规。"

"奇怪。"见证人糊涂了，"我确实是听到了这位小姐的声音……但不管怎样，我不是连着下了两次，也不是下错了放到禁着点[2] 。当然，我也有可能听错了。但我并没有违反围棋的规则，这种下法完全符合规定。"

"你这是狡辩。"马又说。然而观众都站在由宇那边，他便没有再追究。而且，见证人的水平很明显比马高，时间差距慢慢地缩小，最终逆转。马斜着眼确认了这一点后，长叹一声，低头投子认输。见证人没有理会马，而是转向由宇。

---

①"劫"指黑白双方可以轮流提取对方棋子的情况。围棋规则规定，打劫时，被提取的一方不能直接提回，必须在其他地方找劫材使对方应一手之后方可提回。

②围棋术语，也叫"禁入点"。围棋比赛规则之一，即：不准在"禁着点"落子。

“我想带你见一个人。”

就这样，他带由宇见到了为了推广围棋而出国访问的相田九段。据说见证人其实是一位职业棋手，他为了赢钱买烟才去赌棋。相田以奇妙的表情听完了来龙去脉，最后开口道：“我知道了。”

“要和我下一局吗？”

很多年没有听到的日语，与不可思议的柔和语调一起回响着，由宇隔了好久才明白这句话的意思。一局？下什么？马可能立刻就要来把我带回去了。在那之前，快把我带到大使馆去。

帮帮我，由宇张了张嘴。但是涌上喉咙的话还是没能说出来。她没能说出那句话。后来由宇自己也说她不明白她那时的心情。她没有寻求帮助，而是目光凛然地看向正在展开便携式棋盘的相田。“十六，四。”由宇喃喃道，“——十六，四，星位。”

上述这些内容自然没有在大众面前公开。取而代之的说法是由宇在沙漠旅游时得了热病，那时做了切断四肢的手术。这种说法就像是诗人兰波[①] 的故事一样煞有介事地流传开了。

---

①让·尼古拉·阿蒂尔·兰波，19 世纪法国著名诗人。

由宇的经历，无论她本人怎样想，在充满虚构色彩的背景里隐藏着她那很难公开的、跌宕起伏的过去。但说穿了，围棋界所有棋手的潜意识也起了作用。

作为一名下棋之人，她太过于本真。她对围棋露骨的感情和强烈的感性，对于常年盘踞在当今棋界的人来说，反而是想要掩盖与必须改变的特性。成为棋手以后，大家都曾像由宇一样拥有直白的感性。然而随着时间的流逝，大脑开始混沌，志向也消失了。在没有降段制度的围棋界，渐渐产生了数不清的九段棋手。比赛结束后，他们就去喝酒、打麻将。女棋手则去参加谈话节目，这看似也是为了推广围棋，但其实只是详细描述自己的假期生活和恋爱观念，等等。

这些事在由宇看来都太过不切实际了，可以说和她是在完全不同的次元。

归根结底，由宇的存在就是对其他下棋者的谴责。换言之，面对她时，棋手们的灵魂受到了高度质问。因此，由宇是像镜子一样的棋手。对手们在由宇身上看到的是反射出的大脑混沌、失去了终极探寻目标的自己——与在酒盏的阴影下，赌博的阴影下，电视节目的阴影下隐藏着的、身为下棋者独特奇妙的本性。

那些被称为故老的人，更能感受她的威胁。

他们本就是因为选择了在围棋这个抽象的世界里生

存，才聚集在了一起。虽是如此，对围棋感情越真挚强烈的人，就越会被他们避开，被他们厌恶。这实在是讽刺。

我想，终究是因为由宇太过本真，才成了异类。新见秀道看起来很疼爱她，他还把由宇常用的变形中国流[①]下法称为“巴洛克流”，好像他本人也试过这种下法，但这种事例应该很少。而日本围棋界特有的这种信息封闭性，并不是现在才出现的。

明治初期有一位叫作水谷缝次[②]的鬼才，他因造化弄人在棋界受到冷遇而闻名。十三岁时，他与那位本因坊秀策[③]对局，受三子完胜，水平相当不错。

他出生于医学名门，通往围棋之路被封锁，后又因明治维新造成的混乱导致家道中落。水谷投身于赌棋的世界，但在赢了一场重要比赛后被赌徒围起来用刀划伤了全身上下。最终他投奔了方圆社[④]。他接受了日后成为本因坊的村濑秀甫[⑤]的聘请，直到步入晚年后的三四年间仍活跃于明治时期的围棋界，最终留名后世。

但是，水谷毕竟是赌棋者出身——这种说法可能是其他棋手的真心话。据说除了秀甫以外，大部分棋手都对他

①围棋术语，全称中国流布局，指围棋布局的一种方法。
②日本棋手，方圆社“四天王”之一，殁后方圆社追赠七段。
③日本棋手，创造了“秀策流布局”，被称为日本棋圣。
④日本围棋组织。1879 年创立，1924 年解散。
⑤十八世本因坊，方圆社创始人之一。

很冷淡。在他晋升七段时，高桥杵三郎[①]提出异议，之后两人进行了十番棋[②]对决，高桥一开始就连败，但他编造借口不承认事实。很快水谷就因结核病而撒手人寰，据说在他遗体的头上残留着二十八道刀伤，肩膀和背后、胸口也有数十道，甚至没有一根完整的手指。

由宇在正式比赛时最有争议的问题就是现役棋手相田帮她下子这一点。特别是——她的着手是从哪里到哪里？她的着手是哪个瞬间呢？争论点尽是这些被围棋迷当作小事的地方。

尽管如此，规则就是规则。围棋毕竟是一个人来下子，着手是指放下棋子，就是手离开棋盘的那一瞬间。但是由宇并不能用手指触碰棋子。这样说来，反倒是相田该被当作对弈者、由宇该被当作观战者吗？再极端一点，如果允许由宇和相田对话，那么他们也可以在商量之后再决定如何着手，而且相田如果只是外行人还好说，但他可是曾登上过棋圣这一宝座的男人。这样的话，只让由宇告诉相田着手点，除此以外不能有任何交流就好了吧？但他们也可以通过眼神交流等暗号来商量下法。以上这些问题都

①日本棋手，方圆社“四天王”之一。

②也称“十局棋”，是围棋比赛的一种形式。两名棋手对弈十局，先胜六局者为胜方。

曾被一本正经地讨论过。

最终，相田想将由宇作为棋手带入棋界的一系列举动被认为是沽名钓誉，他甚至因此失去了别人的信任。而且，由宇除了相田以外不愿让任何人帮她下子，这也是个大问题，虽说她想把着手托付给信任的人也很正常，但是那人可是顶尖职业选手相田，所以这果然还是有问题。加上对于大部分棋手来说，他们打心底就不喜欢连业余比赛都没参加过的人受到如此特殊的待遇。

“不管是暗号还是别的什么，都是些心胸狭窄的人的看法。”新见秀道当时这样说，“说起来，不入流的人聚在一起，就只会拘泥于细枝末节。想看到让人陶醉的对局，想看到彻底摧毁围棋观的妙手——这些想法，怎么完全消失了？”

这些话应该说出了很多围棋迷的意见。理事会那边自然是暗中设好圈套，也就是为盲人等残疾人士重新安排了特别的棋赛。这一比赛流程和女棋手的比赛一样，姑且也考虑了招牌棋手相田的日程安排。这是给两人面子，在公益性上也无可挑剔。但私底下，他们并不让由宇参加普通的比赛。

相田对这件事表示强烈反对。但董事们的看法是：“并不能因为一名棋手哗众取宠就随便增加职业棋手，我们也不希望为此开这个先例。”这种看法也有一定的道理，让人认同。

这时，在董事会上站出来打破僵局的是新见秀道。

“不能随意增加职业棋手。”新见环视董事们，暂且认同了对方的说法，“的确如此。但如果这样的话，包括我在内的这些九段的老头子们，应该首先被清理掉吧？”对他这个发言，包括当事人相田和由宇在内，所有参加会议的人都僵住了。

新见抓住这个机会开始侃侃而谈，“段位发生通货膨胀，九段棋手接近百人，连棋迷应该都记不全这些人的名字了吧。反正在这个行业，只要有一定的实力，赖着不走就可以升到九段了，毕竟连降段制度都没有。前段时间刚入段的井上隆太，现在胜率已经到了七成，而端坐在这里的九段棋手们，现在你们每年的胜率是几成？再说了，要是不认可代下子，计算机也不是专业选手，但也被认定了段位，那这件事八方社要怎么解释呢？”

他都说到这份儿上了，棋手出身的温文尔雅的董事们也激动起来。

“既然这样，事到如今我也直说了。”有人开始反驳，“她真的是在下围棋吗？也就是说，有人能证明吗？我们当然还是信任相田九段的。但是我们完全没法知道真相。因为没办法验证。这一点才是现在最重要的问题吧？”

“这样的话，让她下棋不就行了？”新见满不在乎地说。大家更搞不懂他的意思了。“总之，只要证明她是真是有实力就行了吧。”

这时，在大家脑海里浮现出了很久以前图灵测试的场景。这是由数学家艾伦·图灵所提出的、用于判断机器是否具备智能的一种测试。首先判定者分别以人和机器为聊天对象，只用文字进行交流。如果判定者无法分辨人和机器的区别，那么这个机器就通过了测试。

用在现在这种情况上，就是将由宇放在一个完全隔断外部信息的环境中，让她通过网络与棋手对局（此处插一句，由宇之前在网上和人对局过，有趣的是很多人都怀疑她是计算机。也就是说她其实没能通过图灵测试）。——姑且不论这些，让由宇处于大家的监视下来进行网上对决。这样或许可以，他们想。

“我不说麻烦的事。”新见说，“由宇，你用嘴来下棋。懂吗？你叼着棋子，爬到棋盘边把棋子放下。这样就没人有意见了吧？虽然对你有点不利，但要是因为这么点障碍你就赢不了这些九段棋手，那就没什么好说的了。”

就这样，理事会破例举行了入段测试。由宇与三名五段棋手，两名九段棋手对决。应该是八方社没有坚持将所有对手都安排为九段棋手。由宇只要赢了一场就是初段，赢两场就跳升为三段，赢三场就跳升到五段。但她必须叼着棋子，爬行再放下棋子，之后还要爬到对局计时器旁边按下开关。吃掉的子也要一个个叼起来。如果进入读秒[①]，可以说她就毫无胜算了。

对手都是正值当打之年的年轻选手，前两场都是由宇胜出，但差距很小。年轻的五段棋手在某种程度上来说是最强的。他们没有停止学习，而且形势判断力也在逐渐增强。年轻人之间流传着谣言：据说有一名棋艺很强的女棋手要入段，而故老们的心情却日益糟糕。

第三局由宇经历了最艰难的奋战。这一战对手采取了策略，从序盘开始双方就激烈地互相试探，这对无比珍惜每分每秒的由宇来说非常痛苦。即使在她将对方一角的棋子全灭了，但用力过猛，在另一边又会被吃很多子。这很像业余人士下的围棋，但太过专注时，棋局也可能会发展成这样。又或是在另一边，她截断了对方所有棋子将其全灭，然而时间紧迫，她把角落里的死活[②]搞错了。逆转，再次逆转，战局十分激烈。

事情发生在终盘。由宇已经进入读秒，她正准备下子时，探出身体的一瞬间将棋子放错，棋子掉在了意料之外的地方。按照规则这个着手已经成立了，对手只要下子就

---

①围棋对局尚未结束而对局者可自由支配的时间已经用完时，用以限制对局者使用时间的措施。一般由裁判员采用秒表执行。

②围棋术语，研究单方死或活的关于眼的问题被称为死活。解决死活问题是一局棋成败的关键。

能转败为胜。

这局的对手是新见曾提过的近期崭露头角的井上隆太。井上似乎很有自信，他觉得即使由宇不失误自己也能赢。他马上看向急场[①]，突然像注意到了什么似的停下了手。井上稍作思考后问由宇：

“你是想把这个棋子下到里面吧？”

“嗯。”由宇表情苦涩，只是应了一声。

见证人咳了一声提醒两人注意，但井上无视了他。

“这样下会怎样呢……这样的话，我的对杀[②]会失败吧。”

“不。”由宇平静地回答，“如果你不贴[③]直接扳断[④]就会成劫。就算这样，我的劫材[⑤]多一点，所以我觉得这样也可行。”

井上忽然面色苍白。他本以为自己占据优势，但事实是他输了。对方的计算胜过了自己的计算。而讽刺的是，战局的胜利此刻就在他眼前。这对年轻的井上来说似乎无法忍受。他沉思良久，直到见证人催促他：“请下子。”

---

①围棋术语，是指效力不一定是全盘最大，但攸关生死或使攻防形势急转直下不得不落子的地方。

②围棋术语，双方棋子互相包围，在都不能做成活棋的情况下，使对方气数不断缩短的过程。

③围棋术语，紧挨着对方棋子连续下子的着法。

④围棋术语，采用扳的着法，同时切断对方棋子。

⑤围棋术语，与双方劫争成败有直接关系的基本条件。

集中的思绪被打断。最后，井上将手上的棋子放到盘上，“我输了。”说着他投了认输。

就这样由宇直接取得了规定的三胜，获得了跳升五段的资格。但这件事好像使董事们很不满，他们因此还盘问了井上。

这时新见出来维护了他，摆平了这件事。但同时新见也没忘了要好好敲打一下这棵嫩芽。回去的时候，他叫住在走廊上擦肩而过的井上，“太天真了。”新见低声说，“你好像一直盯着我的头衔吧，但像你这样下去可是花一千年也够不到。”

“对方策略更强所以我才认输的。”自尊心很强的井上立刻这样回答。

“所以我不用担心。因为你这辈子都算计不赢我。”

那天新见的心情很好，据说还带着年轻棋手们走到酒馆去喝了酒。董事们并不满意，但木已成舟，由宇取得了规定的胜利，他们认为之后的九段战也没必要了。这也是一种看起来还不错的逃避方法。

由宇凭借怒涛般的快攻，立刻取得了好几个女子棋赛的冠军，次年她成功进入了本因坊战联赛。相田因此决定隐退，专心替由宇放棋子。

由宇在围棋界大显身手的时间非常短，在这期间她成为历史上第一位女子本因坊。但她用脑已经接近极限，在对局中的胡话越来越多，那些喃喃自语听起来既不是日语也不是外语，甚至不像人的声音。好像是言灵或诅咒，甚至会让人觉得有点不舒服。

“我们在这里一起生活，我以为自己很了解由宇。”

相田带我去了他和由宇共同生活过的公寓。好像是为了等待由宇回来一样，房间一直保持着原样。即使生活穷困，相田也没有卖掉这间房子。

一开始，相田还住在这间房子里等待着由宇回来。但是这里残留着太多由宇生活过的痕迹。比如到处都安装着的特别栏杆，代替了推拉帘的门、专用床铺和便携式坐便器。这些物品理所当然般地存在着，只是看到都让他渐觉心酸。于是相田将房间保留原样，自己搬到了大塚居住。

“最近我在想，棋手的本质其实很孤独，我以为自己明白了这个道理，其实是忘了吧。”相田抚摸着积灰的栏杆，低声自语，“棋手能够依靠的只有自己的力量。每个人的战术和围棋观都千差万别，不可能与人共享。她所攀登到的天空世界，肯定非常壮阔。不，我曾以为自己也看到了，并且和她共享了。但那可能终究只是我的幻想。”

由宇的表现非常出色，给人留下了深刻的印象，但实际上她在围棋界大显身手的时间只有两三年。在与男棋手的比赛也取得过骄人战绩时，她却已经快要隐退了。棋圣——然后是，本因坊。

她是第一位取得这些战绩的女选手，而且身体残疾，因此她一下子成为当时的话题人物。与她本人的遭遇相比，这些可以说是完全意想不到的成功，但那时由宇可能已在内心独自酿造着孤独。至少相田对此坚信不疑。与比赛中的活跃相反，生活中由宇的眼神变得呆滞，渐渐地，她呢喃的语言越来越不清晰了。

“在她的大脑里，语言引发了爆炸。”相田这样说。

之后，由宇突然销声匿迹。从相田九段面前，从围棋界，完全消失了。在由宇的书架上还摆放着法语、印地语、朝鲜语、俄罗斯语，甚至还有世界语和布鲁夏斯基语等无数外语入门书和词典。对她来说要读这么多书应该非常费力，脑机接口技术正该在这种地方大显身手。但因为之前发生的假肢的事，她应该是让相田一本本取来，帮她翻页再读给她听。

“回国后不久，由宇虽然在女子棋赛上夺冠，但与男棋手的比赛成绩并不理想。您觉得那时候她做了些什么呢？”

“应该是浏览棋谱，或者研究定式吧？”

“由宇她学习起了外语。”相田说，“我应该说过，由宇拥有用触觉感知棋盘的能力，这种能力好像是她在外掌握的，但使用方法一开始并没有经过精练。首先必须把感觉分类成语言。痛、痒、热、硬……最开始，她只用这样的日语词就可以获胜了。但是慢慢地只靠这些词已经不够了。痛、痒、热——只靠这些大家熟悉的词，不能战胜顶尖职业选手。”

这时由宇注意到了外语。据相田所说，在英语里，亮蓝色和暗蓝色基本上都叫蓝色，但在俄语里，亮蓝色和暗蓝色有不同的称呼，这样人们所了解的蓝色的种类也增加了。于是由宇开始收集世界各国与触觉有关的单词并积累在脑海里。为了变强，她不断增加词汇量——过去可能出现这种棋手吗？经过这个过程，由宇磨炼了自己的感觉，将其培养得更加精确。

“那是……”

相田的话让我想起了某个古老的学说。即人能通过语言来看到现实。不是现实规定了语言——而是语言规定了现实。

“好像是沃尔夫假说[①]吧？”

“不。”相田平静地摇了摇头，“并没有那么夸张。其实我只是想说语言和感觉好像的确有某种联系。”

①又称为“语言相对论”，是关于语言、文化和思维三者关系的重要理论，即在不同文化下，不同语言所具有的结构、意义和使用等方面的差异，在很大程度上影响了使用者的思维方式。

就这样，由宇的胜率甚至达到了七成。

但这样的力量只能应付得了一时。

“单词很快就不够了。就算同是五感，比起视觉和听觉的广度，表示触觉的单词大都很原始。即使学习多种语言也没有很大的差别。更何况她想要表现的是围棋的触觉，这是人类尚未到达的领域。痛、痒、热、硬……她本来想用触觉来感受这些常见词汇背后的事物。不久以后，由宇开始创造自己特有的语言。但这是一项非常痛苦的工作。因为语言本来应和他人共享。然而她想做的是将本质上不能与任何人共享的领域变成语言。”

虽然相田这样说，但以前应该也曾有过想要向这个领域进发的人类。

比如说，所谓的宗教家就是这种人。不过那也得和别人有交流才行。

“很少有人即使因此发狂了也依然要继续下去。”

这时相田用了“发狂”这个词让我印象深刻。

“她的大脑陡然间发生了语言的爆炸。她突然不能说话了。语言覆盖且占满了她的脑容量。正因为除此以外没有别的选择，她才超过了极限。也无法继续下围棋了。她被囚禁在了感觉的循环和语言的牢笼里。这就是她独自一人历经漫长时光、去往无法变成语言的彼岸的结果。就这样，由宇从我们面前消失了。”

“……”

“——好像有人想知道，我和灰原八段之间有没有男女之情。”

相田突然这样说，我感到很意外。因为我觉得这和主题没有关系。但我察觉到了相田大概是认为他和由宇关系密切，所以他忍不住想要倾诉。

“说得更加露骨点就是，有人对我们之间的性行为感兴趣。但我们只是面对棋盘进行对局。我们的精神在棋盘上交流。由宇把感觉器官和棋盘直接相连。正因如此，我们的痛觉和温度感觉在棋盘上相遇，互相缠绕，向着无限接近十的三百六十次方的世界延伸。没有别的事情。没有别的接触。但也没有什么比这更让人感到愉悦。对弈就是我们之间的性爱。”

说到这份儿上，相田好像又重新振作精神般地摇了摇头。

“不。”他随即否定了自己的说法，“有时，我太拘泥于和由宇之间的关系，我可能被我们之间毫无关系这一观念所束缚了……不，一定是这样。”

相田始终平静的表情出现了波动。

“但是——接受了别人的观念后，究竟又会有多大的影响呢？”

近松门左卫门[①]时代的净琉璃[②]中，有一段“碁立军法”[③]的故事。两位老人在山顶相对而坐，在棋盘上对弈。接下来岁月更迭，大陆上战火弥漫。然后有人出现，说：“你们以为在山上只过了一段时间，其实已经过去了五年，你们将其中四年看成了四季之战。”——他们本以为只是一时的幻觉，其实山下的确已经过去了五年。

并非围棋在模仿战争，恰是战争在描绘围棋对决。

“我，想要用抽象改变这个世界。”

由宇半睁着眼，俯视棋盘。

星位，小目，挂角[④]，高夹[⑤]。棋手们的每一步都下在虚空上。这些都成为由宇身体感官分布的地图，最终形成语言，循环往复，最终模糊成一张棋谱。

在那里已经没有了时间与姓名。也没有人来呼唤它。连意识都变得模糊，不管去哪儿眼前都一片朦胧。好像在消音室里。自己是棋谱吗？或者棋谱才是自己……只感到呼吸很沉重，好像在海里游过后的余韵，一涨潮就会被卷走。

---

①日本江户时代净琉璃和歌舞伎剧作家，被誉为“日本的莎士比亚”，与同时代的井原西鹤、松尾芭蕉并成为“元禄三文豪”。

②本是指日本说唱艺术发展起来的木偶戏，净琉璃原指一种说唱曲的名称。

③为净琉璃戏剧《国姓爷合战》中的一段。

④围棋术语，也称“挂”。布局着法。在对方已有一字占角的情况下，在其附近下一子，防止对方缔角。

⑤围棋术语，当对方挂己方小目或星位时，在其四线位置下子，进行夹击。

——冰壁。

是的，由宇应该在攀登冰壁。因此语言像泡沫一样，一出现就爆炸，飞来飞去就瞬间消失。词汇玩笑似的形成主语，一部分成为宾语，形成语音表现和语义表现，朝着即将扩散的那一点——由宇一直盯着透明的楔钉，握紧虚构的支点。温热，柔软。抑或是冰冷，坚硬。

山顶隐藏在远处消失点的彼岸里。

不，她甚至不知道是否存在顶峰。但有一件事是明确的。那就是无论过去还是未来，没有一个人成功到达过那里。即使这样，由宇也仍在继续攀登。在这不存在的山上，攀登着不存在的冰壁，在不存在的冬天里，攀爬着不存在的冰柱。

冰镐弹回来了。

暴风雪在四面八方飞舞着，相撞后产生回响，形成乱流，最后变成粉红色的噪声涌到耳边。由宇在暴风雪的深处听到了人的嘈杂声。那些噪声起初听起来并不是某个国家的语言，但随着声音碎片慢慢地汇聚，这让她回想起某个场景……甚至还感受到了一些乡愁，她怀念起那个围棋会所。香烟的烟雾，板着脸看账本的店主，抑扬顿挫的语调，打招呼、发牢骚、抱怨、客套话。“昨天我老婆居然搬家了。五十块？只有五十块吗？你听我说啊。啊！赢了，我赢了！”——啊，这是马的声音，“怎么了？由宇，想吃点什么吗？”

不。

这是幻觉。

由宇看透了冰的质地，她再次凿入冰镐。每次音韵、语法、单词、语义都会相互碰撞，发生令人眼花缭乱的变化，音韵变化，母音变换，形成语言障碍，然后被治愈。好像野生植被般。

——已经没有了。

没有了英语和日语，也没有了印欧语系，闪族语系和南岛语系也没有了。由宇自然地喃喃出声。破裂音、摩擦音、鼻音、半母音。最后声音像唱歌般上下起伏，渐渐变强，然后开始断音[1]。虚无的口腔里发出虚无的声音，由宇一直在歌唱。

她歌唱着被世人遗忘的古代音符群，也有可能是来自未来的歌声。那不是野兽的语言，不是人类的语言，不是蝴蝶的语言，恐怕那不是任何动物的语言。身处悬挂在天空之上的垂直冰瀑的正中央，她歌唱着的是——植物的语言。

一步。

又一步。

---

①表示音间断的唱奏记号。这些音要唱得干净、短促、有弹跳力。

遥远山脚下，街上闪烁的灯光点燃了由宇灵魂深处的神经。在意义和句子的混合物里，暴风雪无休止地狂吹。由宇拉着抽象的登山绳，攀登着人迹未至的抽象冰壁，一毫米，又一毫米。——相田在那对面吗？

车站前的十字路口附近，便利店、手机卖场和快餐店分布得十分拥挤。刚升到七段的棋手井上隆太在那里举着通往守夜会场的指示牌。灵前守夜在炎热的八月举行，除了死者亲属，齐聚一堂的都是当今的棋圣名人等响当当的人物。负责念悼词的人是相田。

我看到了认识的摄影师，就叫住了他。由宇虽然暂时行踪不明，但我确定她曾靠做模特勉强糊口。她参加了国外举办的肢体残缺者的选美比赛，还获了奖。那时经常给由宇拍照的就是这位摄影师，因此有传言说可能是他帮助由宇离开的，但我不知道这消息是真是假。

由宇容貌秀丽且精明过人，这种工作难不倒她。她的病情多多少少也有点好转，但她没有再从事与围棋相关的工作，一年前的模特工作也突然中断了。

我问摄影师怎么会来这里，他说他之前和新见秀道名誉棋圣在一起工作过。新见棋手为人豪爽磊落，因从未有过酗酒、赌博、借高利贷或花边新闻而出名，他名望很高，会场里一直有吊唁者出入。据说他曾做过三次癌症手术，死因是吸入性肺炎[①]。

我去和素子夫人打招呼时，她好像知道我一直在追寻由宇的踪迹，还问我由宇过得好不好，所以她应该也不清楚由宇的行踪。

这时，摄影师听到了我们的对话，说由宇现在好像在广岛的 S 医院住院。我问他由宇是不是身体出了问题，但他也不清楚具体情况。我用手机查了一下，发现那家医院很擅长再生医疗，我产生了一种奇妙的预感，决定要去广岛看看。

相田读着不熟悉的悼词，好像紧张得出了一身冷汗，他不停地用手帕擦着后颈。我告诉了他广岛医院的事，他说等自己的事处理好了之后明天就出发。我也想一起去，就安排好了日程。

我们坐新干线去了广岛。这时我从相田那里听到了很有意思的故事。据说在中国买下由宇并照顾她的那个男人，很有可能出身于“满洲棋院”[②]。“满洲棋院”由宫坂宷二于昭和十四年（1939 年）设立。宫坂棋手从大正到昭和时期都很活跃，说起来，他原本有机会成为本因坊。

---

①指意外吸入酸性物质及其他刺激性液体和挥发性碳氢化合物引起的化学性肺炎。

②伪满洲国（日本帝国侵占中国东北后建立的傀儡政权）围棋组织。1914 年在长春成立，1945 年日本投降后解散。

本因坊本来是家元[1]的称号，但是随着家元最后一代家元秀哉的隐退，这个称号就让给了日本棋院[2]，如果没有这件事，宫坂可能会成为下一代本因坊。梦想破碎后，宫坂移居中国，设立了“满洲棋院”。他好像很有经营天赋，棋院发展得还不错，但随着战局恶化，在那儿的梦想也破灭了，最后他只能历经艰辛返回日本。那时“满洲棋院”里在宫坂的门下，好像是有一名叫马的棋手。我拿到了马的照片并且给相田看了复印件。不过因为是很久以前的事了，他也无法确定，但那个人很有可能就是“满洲棋院”的马。由宇看着马的下法学会了下棋，不管她本人是否承认，她其实算是马的弟子，这样说来，宫坂的夙愿通过“满洲棋院”的马传了下来，再由徒孙由宇实现了。

相田来广岛这边，也是受八方社所托，因此他第一天要去附近的围棋会所和民间围棋组织走一圈。

于是我先去医院探望由宇，从主治医师那边了解她的病情。

大概是用再生医疗技术修复了身上的细胞，躺在病床上的由宇，在肩膀和腰部的位置长出并伸展着柔弱苍白的

---

①指本因坊棋院的掌门人。日本四家元指本因坊、安井、井上、林四大棋院的掌门人。

②日本最主要和规模最大的围棋组织。1924 年成立，总部设在东京，在世界多国设有支部。

四肢。据医生的说法，由宇是史无前例的临床病例，因此无法解释具体细节。一直将触觉与虚构的棋盘接触，她的感觉已经到了极限。就算暂时离开了围棋，但像她这种常年只想着围棋的人即使不产生这种情况，也有可能出现失语症、人格分裂、严重的幻肢痛以及其他各种症状。

于是医生用催眠封印了她对围棋的执着，又用再生医疗技术给她接上了新的四肢，但是由于四肢之前的切断痕迹太过久远，而且草率的手术过程让她非常痛苦，四肢的神经系统也没有好好接上。最后只能选择再次切断四肢。最重要的是由宇会答应吗？

医生把这一切都告诉了她，她喃喃着："老师，老师在哪里？"问了以后才知道老师好像是指曾照顾过她的相田九段棋手。不知为何她越过催眠的阻断想起了相田，但事已至此，必须首先考虑她的想法，医生希望我尽快提供相田九段的联系方式。

于是我给相田打了电话，叫来了还在八方社围棋会所的相田，这时由宇的脸上始终充满不安与害怕，即使相田来了也没有改变。

相田不可思议地俯视着由宇："长高了很多啊。"他的感言显得很木讷，医生和由宇都笑了，除了笑也不能做什么了，一时间病房里笑声不绝。但这时由宇仿佛要摆脱束缚般，喃喃地叫着"老师，老师"。不知道她身体里怎么还会残留着这样的力气，她自己坐起来紧紧地抱住了相田，相田也坐在床边回应了她的拥抱。

这个拥抱持续了很长时间。我觉得这不是父女之间，也不是男女之间的拥抱，而是仿佛灵魂力学般势必会发生的交融。但谁又能知道这两个人的想法呢。

由宇告诉医生，她愿意再次接受四肢的截肢手术。医生认为，在四肢还没完全与身体接合前做手术最好，所以手术时间定在大后天。相田说他还会过来，但由宇却让他别再来了。

医生说由宇病情日趋恶化，因此最好能有人来给她一些精神支持，其实就是希望相田能再过来。但由宇却说没关系，她已经得到回报了。

相田又去了围棋会所，而我试着采访由宇。我想询问据说存在于她大脑里的天空世界。我想起了相田的话。

“——最近我在想。棋手的本质其实很孤独。——不可能与人共享。——她所攀登的天空世界，肯定非常壮阔。不，我曾以为自己也看到了，和她共享了。——但那可能终究只是我的幻想。”

“天空的尽头非常冷，还很寂寞。”由宇慢慢地斟酌着词汇回答了我的问题，“过着正常生活的人会说那些都是我的幻想吧？那都是我的妄想，我这种人，就像在海拔零米的柏油公路上被登山服包裹的小丑。我也不是不明白他们的意思，但是……”

我注意到由宇的表情变得明朗。我很久没见到由宇脸上有这样有把握的表情了。这时我才意识到她不一定过得很不幸。心情不明的由宇继续道：“尽管如此。两名棋手会在冰壁上相遇。”

和相田在广岛的小酒馆吃晚饭时，我告诉了他这些事。相田马上问我：“是真的吗？她真的这样说了吗？”相田无声地哭泣着。他随即用手帕擦掉眼泪，但是怎么擦眼泪都会立刻再次流出来。

我们决定在这边多逗留几天等待由宇恢复。虽然她本人郑重表示让我们不要再过去，但相田立刻下定决心。他摇着头，仿佛想说这肯定不是她的真心话。我点头赞同，给相田又倒了一杯酒。

手术后，在床上睁开眼的由宇如同之前一样，连接在肩膀和腰上的四肢被切断了。

由宇的眼睛冷漠地看着上方，眼里仍然有着理智的光芒。她和相田一言不发地看了对方几分钟。

相田没有触碰由宇，由宇好像也不想让他这样做。医生在病房里待了一会儿，说接下来还有事，然后离开了病房。

“十六,四，星位。”由宇在看不见的棋盘上下了一子。

“三,十六，小目。”相田应道。直到晚上由宇要上药了，这场对局才暂停。

人间之王

Most Beautiful Program

西洋跳棋——红黑双方各执十二枚棋子[①]，能吃尽对方棋子或逼得对方走投无路者为胜。若棋子行至棋盘的底线，则此子可升级变为“王”。2007年阿尔伯塔大学[②]的谢弗等人证明，如果双方所下的每一子都无懈可击，那么对局的最终结果必定是平局。

1

放松点，告诉我他的名字。

---

①西洋跳棋的玩法有很多。最流行的游戏形式是被称为国际跳棋的波兰跳棋，其次为英国跳棋，这里其实是指英国跳棋。

②简称UA，成立于1908年，是坐落于加拿大阿尔伯塔省会埃德蒙顿的一所世界著名公立研究型大学，是加拿大U15研究型大学联盟创始成员、世界大学联盟成员以及世界能源大学联盟成员。

应该已经没人记得他的名字了。当然了，一部分专家和业余爱好者另当别论。另外，博弈信息学[①]专业的学生对这个名字应该有所耳闻。那是在——1992年。谢弗等人的程序击败了四十二年未有一败的跳棋冠军。那台机器与马里恩[②]对局，四胜二败三十三平。

是的。

那一日，机器战胜了近半世纪未尝败果的人类。

但我想，这件事只会在报告资料极不起眼的角落被几行小字草草带过。博弈信息学研究的宠儿仍是国际象棋。比如1997年的那场旷世之战，国际象棋程序“深蓝”[③]对战卡斯帕罗夫[④]。

在过去的时代，人们认为只有国际象棋才是智力的象征。

正因如此，计算机技术的研究人员才会痴迷于开发国际象棋程序。他们借助国际象棋幻想着未来极有可能发生的机器智能化的情景。而研究西洋跳棋从某种意义上来说不过是一种辅助性的工作。

---

①博弈信息学的研究领域是信息处理，研究对象是博弈游戏。该领域的中心游戏原为国际象棋，但自计算机击败世界冠军后，中心游戏就变成了将棋。

②美国西洋跳棋棋王。

③美国IBM公司生产的一台超级国际象棋电脑，被输入了一百多年来优秀棋手的两百多万局对局。

④俄罗斯职业国际象棋棋手，国际象棋特级大师。

与国际象棋相比，西洋跳棋这个游戏算是比较简单的。比如，国际象棋有十的一百二十次方种对局，而后者却只有十的三十次方种。但它绝不是一种简单的游戏。

然而，这种游戏已经被人破解了。

2006年，不，是2007年的时候。曾与马里恩交战的谢弗宣布，他已经发现了西洋跳棋的完全解[①]。结论便是：如果双方所下的每一步都无懈可击，那么最终必定是平局。——西洋跳棋就是这样被埋葬的。

守护了四十年之久的东西，竟输给了机器。

我更正一下。

他也不是没有失败过。虽然在个人锦标赛上他自诩从无败绩，但若算上个人赛以外的对局——据说有一万场左右，他也输过十六场。算不得完美无缺的冠军。

并且——我要事先申明，他不是只出现在论文中的那种像幽灵一样虚幻的东西。他是人。他与大家一样，需要吃饭，需要休息，他也曾站立、行走在这片大地上。并且，他也有自己的名字，叫作马里恩·汀斯雷。

---

①在含有两个独立变量x，y的偏微分方程F（x，y，u，πu/πx，√u/πy）＝0中，包括两个任意常数的解族以u＝φ（x,y,a,b）的形式给出时，该解族被称为该微分方程的完全解。此处指破解了西洋跳棋所有可能的走法。

马里恩·汀斯雷，生于1927年2月。父亲是警察，母亲是教师。虽然他出生在俄亥俄州，却在不久后搬到了肯塔基州。少年时的他志在成为一名数学家，然后……

* * *

我初闻马里恩这个名字也是在报告资料的角落里。那时我只有二十多岁。我想知道计算机围棋的最新消息，便去参加了东京大学驹场校区举办的“围棋节”。该活动计划在研究人员介绍完博弈信息学的历史之后，进行真实的人机对战，并由九段棋手进行现场解说。

那可以说是一段过渡期。当时，量子计算机还没有诞生，原本只有专业人员才能完成的编程工作却因软件工程和人海战术① 的发展变成了一项流水作业。在这种情况下，计算机围棋于我而言就是程序研究中的最后一个未解之谜——就像是数学里的黎曼猜想②。

当时还在从事软件研发的我决定带团队成员去参加“围棋节”。我想告诉人们不同于流水工作的编程工作最原始的魅力，所以便打算将这个策划思路在“围棋节”上展

①用多数人力，靠人多使事情成功的方法。

②由数学家伯恩哈德·黎曼于1859年提出。关于素数分布的研究，至今仍是少数未解决的世界难题之一。

示给众人。

虽然这样说有些不太好，但那些参与者真的让我大失所望。他们都是上了年纪的围棋爱好者，几乎没有程序设计师和计算机技术研究员。当时，海外的相关研发工作进行得如火如荼，印度、中国以及俄罗斯的实力开始崛起。“照这样下去，日本的技术便没有未来了”，我曾经老想着这些事，这个样子一点也不像我自己。算了，往事就不多说了。

那一天，在那里，我遇到了马里恩。哦不，这个说法不大准确。因为那时马里恩已经因胰腺癌逝世。无论我多么希望见到他，都是不可能的了。可我的确感觉自己见到了他，估计也就五到十秒的时间。

关于计算机围棋，我事先几乎已经调查得一清二楚，所以听他们在介绍的时候就有些漫不经心。

“……早在1949年，信息论之父克劳德·香农[①]就……1951年，计算机科学之父图灵[②]……除了国际象棋以外……在西洋双陆棋[③]领域，知识主导型和使用神经网络的程

①美国数学家、信息论的创始人。他提出了“信息熵”的概念，为信息论和数字通信奠定了基础。

②英国数学家、逻辑学家。计算机理论和人工智能的奠基人之一。

③一种在棋盘或桌子上走棋的游戏，投掷两枚骰子决定走棋步数，先使自己的棋子到达终点者为胜，要想获胜，除了游戏知识外，运气也非常重要。

序……在西洋跳棋领域，谢弗的程序击败了连胜四十年的冠军选手，之后在2007年又发现了它的完全解……”

起初，我对他们说的毫不在意，可在反复品味对话内容的时候，竟好像听到了一些意料之外的事。

——四十年的不败之王。

——为机器所败。

——连完全解都被人发现了。

但当我将目光移到台上的时候，介绍内容已经转到了将棋。

“1984年，……‘森田将棋’[①]做到了五步绝杀……虽然此时它还只有十级水平……”

我在发下来的问卷背面记下了国际象棋，程序，马里恩。

跳棋这游戏我之前并未有太多了解，而且一直对它抱有偏见，就觉得这游戏我们日本人都不大熟悉，而且与国际象棋相比，它确实是太简单了。可报告结束乃至进入真正的对弈环节，我都一直在想马里恩这个人。

近半世纪都不曾败过，是怎样一种感受呢？

要如何训练棋艺才能做到这一点呢？

花费了如此多的心力、守护了这么久的东西竟然输给

①一种将棋软件。

了一个机器，这到底是怎样一种经历？

而且，完全解被发现，就意味着连游戏本身都被画上了句号。对他来说这个游戏可是人生的全部啊，这样让他以后怎么活？……

这全都是终极疑问。

马里恩就是在这些终极疑问上献出了一生的人。

我特别想知道他的余生是如何度过的。

西洋跳棋被完全解所埋葬之后，他会把什么当作自己的生存价值？会不会到最后都不肯放弃跳棋？还是说，他又找到了别的生存方式？

我知道我的话有语病，但还是说出来吧。

我是这么想的：如今，隐藏在这个故事背后的“东西”——它将是我们所有人的问题。

2

为什么他要选西洋跳棋，选国际象棋不行吗？

接近晚年的时候，马里恩曾说过为什么没有选择国际象棋而是选择了跳棋。他的回答是这样的。

“也许……”他以此为开场白，又继续说道，“我这个人，就是会被别人口中的、那些小孩子才玩的游戏所吸引。”

他说这话是有原因的。

因为在人们心中，西洋跳棋等于儿童游戏的观念根深蒂固。西洋跳棋用的是国际象棋的棋盘，相当于不会下国际象棋的小孩才会在上面下跳棋。而且这种事情非常常见。

不过这句话里面或许也包含了他别出心裁的嘲讽。其中兴许暗含了这一层意思：真要说起来，国际象棋也不过是个游戏罢了。在这一点上，两者并无贵贱之分。

……但，请不要误会，没有相关记录可以证实他说了这样的话。这只是我刚想到的。

其实，马里恩还留下了这样的话：

"国际象棋给我的感觉像是在眺望无边之海。"他比喻道，"与之相反，跳棋给我的感觉却像是在窥探无底之井。"

这次，我很想问一个问题。

马里恩加冕为人类之王近半个世纪，最后却败给了机器，甚至连报仇的机会都没有，他就这样丧失了自己的跳棋舞台。这都是因为西洋跳棋的完全解被发现。……那他是如何度过之后的人生的？

这个问题不成立。

个中缘由，请容我依次道来。

您说的想必是1992年伦敦举行的那场比赛吧，可那时输的一方并不是马里恩。输的是谢弗他们的程序——奇努克[1]。四胜二败三十三平具体是指马里恩胜四场，奇努克胜两场，这次比赛获胜的其实是马里恩。

可即便如此，奇努克赢的那两场却是意义重大。

有一点需要说明一下，当时的程序师们为了超越人类，夜以继日地做着研究。但二十世纪九十年代可以说是计算机研究的黎明时代。电脑计算速度缓慢，思考程序[2]也基本都是手写的。那个时候，要让机器战胜人类还是非常困难的。正因如此，人们才会特别强调奇努克胜利的那两场比赛。奇努克赢了两场，在如今看来或许是不难想象的，可当时对他们来说，就如同沙漠中的一滴水一样无可替代。总之，请先考虑一下当时的那个时代背景。

就是这样的时代背景，才会产生奇努克赢四场的误会。

之后，出现了一个复仇的机会。我是说，对奇努克而言。

---

①乔纳森·谢弗，加拿大阿尔伯塔大学计算机科学家，也是2007年解决国际跳棋问题的计算机程序“奇努克（Chinook）”的设计者。

②思考程序特指电脑游戏程序的一部分。在象棋和麻将等棋盘游戏中，它是玩家的对手，在战略模拟游戏中它是其他国家，在pc角色扮演游戏中它扮演敌方，诸如此类，与玩家对战时，该程序会决定它所扮演的角色如何行动。

1994 年，奇努克与马里恩再次交锋。那时的战绩是六战六平。可在比赛中途马里恩的身体出了问题，后面的对局就终止了。于是，奇努克就成了人机大战的首位冠军。但这是六场平局，所以在棋局结果上马里恩并没有输。

第二年，他就因胰腺癌与世长辞了。

因此，马里恩是没有余生的。他的一生都是在西洋跳棋的战场上度过的，并且无往不胜——作为人间的王。

您的意思是，他已身患癌症却仍然去和奇努克战斗？

因为与人类对战他已经所向无敌。

如果要从马里恩的不幸中举出一例，那就是他的棋艺过于强大了。挑战者们都惧怕他，只追求能和他打个平手。愿意踏足未知领域，与他来个正面较量的人都在不知不觉中消失了。因为难逢敌手，他甚至退役过一段时间。因此，他虽四十年未败，但中间是有一段空档期的。然而在经历了十二年的空白之后，马里恩还是回到了战场。之后又卫冕长达十六年。

有一位仅次于马里恩的西洋跳棋强者叫作唐·拉弗蒂[①]，他年轻时与马里恩相识，两人很快就成了盟友，但他

---

①唐·拉弗蒂（1933—1998 年）是一位跳棋大师。1987 年，他以 2-0-36 的比分输给了马里恩·汀斯雷，在与奇努克的比赛中，他 8 胜 7 负 109 平。

对战马里恩时也是毫无招架之力。

这是强者才会有的悲剧。

马里恩感到无趣、孤独，他比任何人都渴望战斗。

就在这时，他知晓了奇努克的存在。

奇努克是一个计算机程序，它不惧马里恩的名气，也不会只求一个平局，它只会为了胜利竭尽全力坚持到底，还会争夺许多步后出现的毫厘之差。

马里恩对奇努克抱有很大期望，不，他甚至迫切希望与之对战。没错——事到如今他要想不断挑战，就只能和机器去较量了，能够治愈他孤独的也就只剩下谢弗创造的奇努克了。

于是就有了 1992 年的那场对局。

但是，在两年前，也就是 1990 年，美国跳棋联盟与西洋跳棋协会先发制人。他们感受到了来自电脑的威胁，于是做了个决定：禁止计算机参加锦标赛。

听说了这件事后，谢弗愕然而惊。长年累月不断研究，就是为了在正式比赛上胜过马里恩，可一夜之间所有计划都被推翻了。

然而，马里恩的行为更让人大吃一惊。

他放弃了世界冠军头衔，选择与奇努克正式交战。你们能想象吗——守了十六年之久的称号，他就这么毫不犹豫地放弃了。只为了与强敌一战，并无其他。

而且马里恩放弃称号的时候，已经六十四岁了。直到死期将至的前一年，他都稳居冠军之位，不仅如此，他还决定要进一步挑战。

终于，对局成功举行，马里恩赌赢了。不过，胜负已经无关紧要了。

只是联盟和协会颜面尽失。大家都清楚，这虽然不算正式比赛，却是真正意义上的世界冠军之争。而马里恩已经放弃了冠军之名，因此谁都不能说什么。也因为有这么一段历史，才会有后来的人机争霸赛。

马里恩死后，谢弗写了一篇随笔。

“马里恩是这么说的，”他回忆道，“与奇努克比赛，让我感觉就像是回到了年轻的时候……”

* * *

马里恩的一生之敌谢弗给这篇短短的文稿取了一个耐人寻味的标题——“马里恩 · 汀斯雷——来自人类的完全解？”以问句为题的这篇随笔向后世传递了马里恩的部分形象。

可要看透其整体却非常困难。

甚至连他的祖国都渐渐遗忘了他。

西洋跳棋是一种非常小众的棋类竞技。也因为这一点，导致了有关他的信息都是极其零碎的内容，或是些颇为浮夸的传说。

调查马里恩，就像从神话中挖掘史实一样。

1947年，马里恩打败了莫里斯·张布利，获得当时的青少年比赛冠军。在1954年的俄亥俄、1970年的得克萨斯、1974年的费城……拿到的冠军已经够多了。

他究竟是怎样的一个人呢？

当然，作为跳棋选手，比赛结果是决定一切的。可还有许多事是看不见的。比如他的性格是怎样的？休息日一般都怎么过？爱吃哪种面包圈？喜欢猫还是喜欢狗？咖啡里放多少糖？喜欢不喜欢动漫《神探加杰特》？

起先，我甚至怀疑马里恩在生活的同时，还在不断抹去这些身为人类的痕迹。但事实并非如此。

仔细调查，就会发现他和我们一样都是人，和我们有着共通的地方。证据就是，他这个人文静又机灵。他给对手莫里斯·张布利等人都介绍过女朋友，而介绍的对象就是他的双胞胎姐妹玛丽。

他是这样给人灌迷魂汤的："你想想看啊，这样一来咱俩就成亲戚了！"

二十多岁的时候对我灵魂世界很感兴趣，甚至还去找过通灵师。

但找不到记录他私下性格的更多的资料。因为他从事的是西洋跳棋，并未得到过多关注。

马里恩的一生随着时间的流逝被冲淡、被遗忘，最后只留下一点有关比赛成就的记录。

我们大家似乎都是如此。

谢弗的作风像极了研究员，他从马里恩的强大开始分析。

他说过这样一件逸事。

在某次对局中，奇努克刚要下第十手的时候，马里恩突然抬起头说："这可是步坏棋啊。"

"什么情况？"谢弗心中疑惑，"我的程序可以算到二十手以后的走法，它明明说还是我方优势啊。"

可是下了几手后，奇努克认为，之前预测的我方优势已经回到了均势。又下了几手，局势已变成马里恩占优。再下了几手，却发现我方已是无力回天。

奇努克宣布投降之时，正好是马里恩指出坏棋后的第二十六手。

这一切都超出了可以理解的范畴。马里恩到底能看到什么？那之后，马里恩的话就像个魔咒般缠绕着谢弗。

"只能说，马里恩有第六感。"

马里恩让他这位身处计算机科学最前沿的人说出了这样的话。

后来，谢弗就开始分析马里恩的比赛，那“第六感”一样的东西究竟来自何处？关于这个问题他得出了自己的结论。

那就是，马里恩有着非同一般的记忆力。据说他四岁就能读诗背诗了。上学的时候，他每天要花八小时在西洋跳棋上，一周要花五天。成年后也在学习跳棋，每周不间断。可令人惊叹的不是那好几万小时的训练，而是他似乎记住了所有的对局走法。

谢弗先暂且相信了这个传闻，于是开始复盘和马里恩的比赛。结果发现，有问题的对局与马里恩五十年前进行的某场比赛一模一样。他便得出结论：马里恩根本不需要思考，他不过是在重现五十年前的那场比赛而已。

马里恩惊人的记忆力是他晚年仍可保持不败战绩的理由之一。身为挑战者的谢弗非常关心的是晚年的马里恩与二十世纪五十年代和七十年代相比，是变强了还是变弱了。对于他的这个疑问，专业跳棋棋手们都如此回答：是的——他变得更强了。

通常，这类游戏的王者都是很短命的，巅峰期也短。马里恩却是位上了年纪后却越变越强的选手。不过，老年时，马里恩确实减少了自己的对战次数。他只参加为了守护冠军荣誉而必须参加的对局，甚至多次将有获胜希望的局势硬是下成平局。不过考虑到他耐力受限，这种战略倒也是合情合理。

越接近晚年，马里恩就越强。这似乎已成了一个事实。曾与他竞争冠军的阿萨·朗[①] 评价他是个怪物。

“我也没有什么特别的失误和犹豫不决的地方。”

可就是输了。

事实就是，我输了。

“到头来，我竟像是成了制造怪物的帮凶。”

——怪物。

对与他同时代的人来说，这也许是最强烈的实际感受了。

马里恩的战绩具体是怎样的呢？有人说他是不败之王，也有人说他总共输了五次。而根据马里恩自己的描述，他在与奇努克比赛之前一共吃了十六次败仗。

这样的分歧令谢弗觉得匪夷所思，于是他决定仔细调查一番。

可事实却令他瞠目结舌。

首先，马里恩本人所说的“十六败”也包含了他学生时代刚学会跳棋那时候所下的对局。于是谢弗减去了他

①阿萨·朗（1904—1999 年）是一名美国籍国际跳棋选手，在美国多个锦标赛上获得冠军，历时 60 多年，并一度获得世界冠军。

获得青少年赛冠军那个时期的败局，重新计数后，发现锦标赛和表演赛上他总共只输了五次。其中的两次失败来自表演赛，比赛形式要求马里恩与二十至四十人同时进行对战。谢弗将这里面的失败也略去不计。

三败。

正如坊间传闻，如果将比赛局数看作一万的话，失败率就是 0.03%。这便是马里恩的战绩。

话说，谢弗与马里恩在决战的两年前还曾偶遇过。

谢弗在上文提到的随笔中说过这件事。

“他性格温和，对新手和行家一视同仁，都会与他们热情交谈。”

这是 1990 年谢弗首次参加淘汰赛时的事。

那时候对他而言一切都是崭新的，一个认识的人都没有。

谢弗虽然进了门，但或许是因为形迹可疑，一位高个子男人走过来问道：“你是遇到了什么困难吗？”

男人甚至带谢弗去了活动主办方那儿，还替他操心住宿的事。

这个男人就是当时的西洋跳棋之王马里恩 · 汀斯雷。

这次相遇在谢弗的记忆里烙下了深刻的印记。他还说“我肯定不会忘记”。从这篇随笔中可以看出，谢弗对马里恩确实怀有敬佩之情，并将他当作自己的好对手。

他们两个人就是这样相遇的。

作为人类一方的王者、战至最后一刻的男人和——在不久的将来毁灭了西洋跳棋的男人。

3

马里恩能够算到多少步呢？

这问题很难回答。大部分情况下是三十三手，但有时候不论多少步他应该都能算到。并且，虽然笼统地说是三十三手，可下法是呈几何倍数增长的，这就涉及要省略哪一种的问题。

不过这也很难说。

因为，他应该“早就知道”该下哪一步。谢弗也提到过，这就是人类的直觉。

这样说起来，好像棋手纽威尔·班克斯[①] 也是可以算到第三十三手的。“这样的话，我就要算到第三十四手，”马里恩说，“因为那第三十四手棋才是我取胜的关键。”

真是个极端的好胜之人啊。

“我无法想象自己会输给谁。”理由是，“我实在不喜

①纽威尔·班克斯（1887—1977 年）是一名美国籍跳棋和国际象棋选手，精通国际跳棋和国际象棋，曾击败多位冠军。

欢输”。

但他有时候也会说出一些发人深省的话。

他说，西洋跳棋这个游戏真是太美了。它拥有的是一种无与伦比的美——数学性、优美感、精密度——它是如此具有深度的游戏，像是把所有人都囊括无遗。

说到他的好胜心，确实，输给奇努克的时候马里恩还不服气，好像说了句：“是伦敦的雾罩在我的头上了吗？”这句抱怨可太幽默了。

有一件很重要的事。

输掉比赛后的第二个星期日，马里恩去了教堂。

虽然没有记录可以说明当时发生了什么，但事实是，此行后他与之前判若两人，变得精神焕发，获得了第三局和第四局的胜利。

没错，神明附身了。

而且他还是位数学家。

刚刚我也说了，马里恩的跳棋生涯中有十二年的空白，包揽了各项冠军，打败了强敌中的强敌，他已经无事可做了，所以才决定隐退。他去当佛罗里达大学的数学教授，一心一意从事教育和研究。

而回归跳棋的契机是他的盟友唐·拉弗蒂。

马里恩和嗜酒如命的拉弗蒂打了个赌，如果他以西洋跳棋棋手的身份复出，那拉弗蒂就必须把酒戒了。就这样，复出后不久，他便作为不败之王再度称霸。

虽然会这么问的一般都是业余人士，但我还是想知道，既然是数学家，应该更容易转去研究奇努克那一类的东西，为什么他选择了站在人类一方奋战到最后呢？

正因为是数学家，才会这么做的吧。

仔细想想，他多半是没这个兴趣。在数学理论上他不是外行，正因为这样，他估计比任何人都清楚——要不了多久，西洋跳棋这种游戏就会被计算机程序完全破解。

我想，以人之名，战至最后一刻于他而言才是一种挑战。

请容我问一个历史之谜。

马里恩作为一名跳棋选手，究竟有多完美？这个问题的答案，谢弗也曾在随笔的标题上暗示过，就是那句“来自人类的完全解”——这样，我们就很难不认为，马里恩强大到近乎变态，职业生涯近半个世纪之久——实际上他的大脑已经先于任何人得出了完全解。

这一点我已经说过。他这一生最少也输了十六次。他很强大，可他绝不是完美无缺的人。

这样啊。之前也有过复杂游戏被人破解的事情。比如，在计算机围棋论文等地方都可以看到，一名叫赵治勋的围棋棋手在二十世纪九十年代得出了五路围棋① 的完全解。

我不怎么懂五路棋盘的围棋，不过这种事确实存在。然而马里恩的西洋跳棋是另一回事。至少在数学理论上他没有将其破解。

从他赢过奇努克后的获胜感言中也可以看出这一点。

“我是人，”他说，“我只是比奇努克拥有更好的程序员，上帝赋予了我逻辑思维能力。”

这话需要做个补充说明。

人们常常会产生误解，他们总把人机游戏当作人与计算机智慧的角逐，可事实并非如此。这不过是人与程序员的较量。而马里恩很明白这一点。

在此基础上他才会说我的程序员是上帝，所以我不会

①棋盘为 5 × 5 的围棋。

输。——从这个意义上看，虽然与您问题中的意思不同，但确实可以说他已经得出了完全解。

* * *

谢弗想让机器超越人类。

马里恩有“上帝程序员”的附身。

两人各自前往最初的决战之地伦敦。

第十四次对战，所有人都觉得马里恩将劣势扳成了平局，他起身去和奇努克握手，闪光灯骤然亮起，观众们开始祝贺马里恩。

“搞错了。”马里恩朝会聚的人群平静地说道，“这局是我投降了。”

此时，谢弗却明白真实情况。照这样下去，预计到第三十四手奇努克就能获胜。就在大家都以为是平局的时候，只有马里恩和谢弗知道奇努克要赢了。

还有，那之后的第二十六次对战。

奇努克在乍看以为是均势的棋局中下出妙手，令观众惊诧不已，他们都感觉奇努克要赢了。但这次也是一样。两人已知道结果是平局。局面原本是马里恩占优，是奇努克找出了唯一的扳平的方法。

有句话叫神之一手：人之一手。

人眼能看到的东西是有限的。有时候，即使自己和别人都以为是一手好棋，可从宏观视角来看，却是一步坏棋。相反地，真正意义上的最佳着法在人类看来可能就只是一步坏棋。

谢弗给机器输入了上千局马里恩的对局并进行解析。

他有没有下出过坏棋？如果有，是怎样的一步棋？然而，只有十几步棋看上去像是失误。不过很多时候，那些本以为是坏棋的一步，却成为制胜一击。

1992 年伦敦的对局上奇努克拿下两胜，拿下了那如同沙漠中的一滴水般无可替代的两次胜利。可奇努克真的“战胜了人类”吗？

谢弗团队的看法是这样的。

他们认为：“奇努克是世界第二强的西洋跳棋棋手，而世界第一是马里恩 · 汀斯雷”。

奇努克是一个怎样的程序呢？

为什么不是国际象棋而是西洋跳棋呢？这个问题同样也可以问谢弗。

在得出完全解之前，他实际上已经在跳棋研究中奉献了二十多年的岁月。

在 2007 年的采访中，谢弗是这样回答的。

“如果问我妻子同样的问题，也许她给出的会是另一种答案。”

其实在20世纪80年代，人工智能研究员谢弗就写出了当时最强的国际象棋程序之一。可后来IBM公司也开始向这个领域进军，而现实就是，谢弗等人很难与IBM公司抗衡。正是这种竞争关系使他把研究对象换成了西洋跳棋。

奇努克是一种比较老式的程序。

首先是开局的定式库，其次是用来计算落子的搜索算法[①]，再次是判断局势是否有利的评估函数，还有终局图像数据库。

考虑到后来的博弈信息学在工学和实践方面的先进，这种程序简直像一种手工的设计和算法。在某种意义上，奇努克是程序员们耗损全部精力亲手制作的最后一代程序。

为什么这么说呢？

比如，在计算机围棋领域，20世纪90年代起就一直有种名为蒙特卡洛[②] 的方法备受关注。简单来说，这是一种随机模拟大量着法、从中选取最佳着法的思考方式。有

---

①搜索算法是利用计算机的高性能来有目的地穷举一个问题解空间的部分或所有的可能情况，从而求出问题的解的一种方法。现阶段一般有蒙特卡洛树搜索、枚举算法、深度优先搜索、广度优先搜索等算法。

②蒙特卡洛法也称统计模拟法，是把概率现象作为研究对象的数值模拟方法，是按抽样调查法求取统计值来推定未知特定量的计算方法。

趣的是，这种程序并不像人们历来那样进行“思考”。

2009 年在象棋界，最强大的程序的内部信息被公开了。这导致不论多么业余的人都能做出近乎最强的程序。这样一来，程序的“强大”到底指的是什么……这个问题在如今看来也许是个笑话，但在那个时代，它的的确确被严肃地讨论过。

还有一件事。

同样是在 2009 年，出现了一种程序，它将已经公之于众的其他程序原封不动地并排排列在一起，再根据少数服从多数这种简单的合议制[①] 来决定下一步落子。该程序在大赛上取得了相应的成绩，有趣的是，当时无人知晓为什么引入合议制后它会变强。而要讨论合议制的优劣，则不能在原来的程序上做改动。与其说是不能做改动，不如说是需要彻底排除人的创意。

就这样，博弈信息学渐渐脱离了人类的双手。

工学化、实践化指的就是这个意思。所以从这一点上说，奇努克是程序员们耗损自身全部精力的时代——计算机像人一样思考的那个时代诞生的最后一代程序。

也许这话看上去自相矛盾，但我觉得奇努克就是人类创造的、拥有人性的程序。

①广义上指通过多人共同商议来做出决定的制度。狭义上是指多人组成执行机构的一种制度。该处为第一种。

有一个词叫“奇点”[①]。如今或许很难想象，但这个词曾经确实有另一个意思。

即机器的智力超越人的瞬间。

这个瞬间叫作奇点。从这个意义上，或许可以说马里恩是二十世纪唯一生活在奇点之后的人类。

与奇努克对战后不久马里恩就去世了，这对我而言是非常遗憾的。失去了西洋跳棋这个游戏之后，马里恩是如何生存的呢？前面也说了，我很想知道这一点。

除此之外，我还想知道一些别的事。

比如说，他到底是在和谁对战呢？

马里恩不认为他与奇努克的对局是人与机器间的战斗。他始终都是把它当作人和程序员之间的战斗，这样的话，马里恩就不是在和机器斗了。那他是在和程序员战斗吗？可他应该比谁都清楚，不久后西洋跳棋就会被埋葬。既然如此，那这场战斗就没什么意义了。

那他为什么还要战斗？其中当然也包括这个原因，即——强者才有的无趣与孤独。

但仅凭这点似乎还是不能解释清楚。

有时我甚至很厌烦二十世纪的记者。

---

①奇点通常是一个当数学物件上被称为未定义的点，或当它在特别的情况下无法完序，以至于此点出现在于异常的集合中。在数学、物理学中都存在奇点的概念，比如几何意义上的奇点是无限小且实际不存在的“点”。

——您觉得自己可以战胜奇努克吗？——可以谈谈面临决战时您的心情吗？——您觉得机器可以战胜人类吗？——人和机器谁更强呢……

我总是情不自禁地想：马里恩是不是在奇努克的身后，看到了一点别样的风景。

可惜现在已经无法再听到他亲口说话了。

现在马里恩已经睡着了。

在俄亥俄哥伦布市的墓地，在父母姊妹的身旁。

据说马里恩临终前躺在病床上的时候，很后悔没有记录下与奇努克的对局，反倒是他的竞争对手谢弗写了一本书。这本名为《一步之先》的书虽然主要着眼于奇努克的成果和它的内部逻辑，但其中记述了太多关于马里恩的事迹，多到让人觉得谢弗其实是想写一本马里恩传记。

1994 年双方再战，马里恩在一开始的时候就告诉大家："如果对局中我有个万一，希望你们能帮我联系家人——"

对谢弗来说，这第二次比赛是他期盼了很久的。这次比赛还关系到人机大战的冠军花落谁家。但结果却是六战六平。就在双方即将一决胜负的时候，马里恩忽然身体不适，比赛中止了。于是奇努克就成为人机大战的初代冠军，可在谢弗看来，这是个非常遗憾的结果。

已经不能再比了吧。到最后，自己还是没能战胜马里恩吗。

他给团队成员发了封邮件。

“马里恩的癌细胞转移了。听说他现在在休斯敦的医院里，也许只能再活几个月或者几周了。我要飞到休斯敦去。”谢弗继续说道，“整整六年，我都一直在拼命追赶他。可彩虹的尽头并不是金子[①]，那是人生的残酷啊。”

他已经带着《一步之先》的草稿过去了，可错失了机会，马里恩最终还是没能看到。

“我想告诉他，我正在写书呢。我想对他说一句‘谢谢你’。”

谢弗将研究生活都献给了战胜他人这一件事。对他而言，一直以来，“人”本身才是那个难以跨越的障壁。

可结果却很讽刺。

“马里恩是人，所以他会失败，而且他现在就快死了。”

1995年，马里恩过世了。

谢弗也成了众多失去目标的人中的一个。

他只剩下埋葬西洋跳棋这一条路了。

①源自西方典故。古时的欧洲人认为，彩虹两端所及的位置是吉祥之地，能挖出一坛金子或珍宝。比喻永远得不到的财富。

4

马里恩到底是和什么在战斗呢?

能请您把问题说得再具体点吗?

马里恩不觉得他和奇努克的对局是人与计算机之间的战斗。他觉得那不过是人与程序员之间的战斗。因此，不是在和计算机作战。

那么，他是在和程序员战斗吗?可您之前说过，他应该比谁都清楚，不久之后西洋跳棋这个游戏的完全解就会被人推导出来。既然如此，那这种战斗就没有任何意义。

强者才有的无趣与孤独。虽然也有这方面的原因，但总感觉这背后似乎还藏有更深的目的。

马里恩在奇努克身后看到了什么呢?

……我猜，他应该没有想那么多才对。正如我刚刚提到的，马里恩一直渴望能出现一位强者，他只是想和强大的对手战斗。这难道不能作为一个解释吗?

我觉得不止这些。因为马里恩是能设定终极疑问的人。“我的程序员是上帝，所以不会输”——我认为这是经过深入思考的人才能说出来的话。

这不过是您个人的感觉吧。

容我从另一个角度提问。马里恩一直在寻求一名强者，这您说的没错，可奇努克只能算到二十手之后的棋，这在他看来真的是一个强者吗？马里恩可是能算到三十三手之后的。当然，那时电脑的发展日新月异，能看出来它不久后就也可以算到三十手、四十手之后的棋。

他是在和这样的、也就是未来的敌人作战吗？

当然，我前面也说了，他知道西洋跳棋这个游戏将来会被破解。说白了，这是场一开始就注定失败的战斗。

不清楚。也许他明知会输但还是要去。

如果是这样的话，那这到底是和谁的战斗呢？

我好像明白您的意思了。您是想让我这样说吧：其实，马里恩他……不，这我不能说。但无论如何，我觉得答案都是否定的。

您的意思一定是——马里恩应该在和神战斗。可我觉得不是的。他曾经这样说过："与奇努克相比，我只不过是得到了一个更好的程序员罢了。上帝赋予了我逻辑思维能力。"——我的程序员是上帝，所以不会输。

上帝始终与马里恩同在。这对他来说只会是恩宠与庇佑，至少不会是战争中的对手。

我感觉我明白您想说的话和疑问了。

可我觉得您对他这个人的评价太高了。

马里恩这个人只有西洋跳棋。比如说，他也没什么突出的数学成就。他就真的只有西洋跳棋，并一直追求与强大的对手战斗。

最后——他就在一个将数学理论和神学完全剔除的领域不断地和机器战斗，并将其当作一项事业。难道不能这样理解吗？……不，应该说人类本就是这个样子的。

能看出来，晚年的马里恩也打起了小算盘。比如，他只参加那些要保住冠军必须参加的比赛。这倒也在情理之中。毕竟年纪大了，参加很多比赛的话，就会消耗相应的精力，输的概率也会增加。

可是，将下西洋跳棋当成一项事业的人会打这种算盘吗？他们更倾向于承认自己的衰老，尽可能多地参加比赛——然后，不是和机器，而是在和人类的对战中，自然而然地输掉……还有这么条路可以走，可马里恩没有选它。

我知道了。

他是个喜欢当挑战者的人。或者说，也许当王者从一开始就不适合他。他一直都想去挑战，只有挑战才会让他感到年轻。

马里恩在和奇努克对战的时候曾这样说过：

“感觉就像是回到了年轻的时候。”

可另一方面，他又是个越老越强的人。

难道不能这样想吗：马里恩从头到尾都在和自己的衰老做斗争。或者换一种说法，虽然这样会显得思维有些跳跃，但可以说：

马里恩一直在和虚无斗争……

……西洋跳棋的完全解在他死后才问世，这件事您怎么看？

我觉得这对他而言是一种幸运。

为什么？马里恩不是知道不久后西洋跳棋的完全解会出现吗？

知道与亲眼看到是不同的。本质上虽然相同，但带来的个人感受是不一样的。

* * *

我曾拜访过马里恩就读的俄亥俄州立大学。

那真是个交通不便的地方。

它离哥伦布市的市区很远，没有车就什么也办不了。也许是个人的偏见，我曾觉得这简直就像是美国的乡下。

水泥路蜿蜒伸展，被夏天的阳光毫不留情地照射着。远处有个足球场，可不管我怎么走都不觉得有丝毫的靠近。放眼望去，古老的砖瓦建筑和近代建筑混杂在一起。和马里恩在的时候相比应该发生了很大的变化。他十四岁的时候立志成为数学家，所以进了这所大学读书。

那正好是太平洋战争开始的时候。

大概只有灼热的光线和当时是一样的。少年马里恩就是在这里，抱着许多书，估计还带着满身的汗，从一栋教学楼走到另一栋教学楼。

那是个不平静的时代。

一个人，十四岁就在那里上了大学，想必是非常孤独。总之就是在这个远离前线、面朝美国中部森林的校园里——“那个东西”缠上了他。

一缠就是半个多世纪。

直到他死了，西洋跳棋才放过他。

据说马里恩第一次听说西洋跳棋是在他年幼的时候。究竟是在学校还是在家里，他自己也不记得了。不过，倒是有资料记录下了他是什么时候领悟西洋跳棋的。

1941 年。

在这个俄亥俄州立大学的图书馆里，十四岁的马里恩寻找着数学方面的书籍。此时，恰巧一本西洋跳棋的入门书吸引了他的目光。这本书很快就令他迷上了西洋跳棋。

我想看一看那个图书馆。

要是可以的话，连某个楼层的某个书架都想看看。那个男人心中有一个念头，这个念头准确的坐标在哪里？那里放着什么样的书？又沐浴着什么样的阳光？当然，这些事，就算找到了那个地方也不可能知道。西洋跳棋是个非常抽象的游戏。它在哪里，那里有怎样一片景色，都与游戏本身、与马里恩这个人没有本质上的关联。有的应该只是这个游戏本身的美。

尽管如此，这对我来说似乎仍是非常重要的事。

西洋跳棋这个宇宙是从马里恩大脑的哪个部位开始爆发的呢？——我想先从这一点入手。可这个大学的校园使我目瞪口呆。俄亥俄州立大学实际上有二十四个图书馆，分布在各地。我去了离我最近的一个，问了一下那里的员工。

“我想问一下您……”

估计人家觉得我很可疑。在俄亥俄州，日本人很少见，女职员上下打量了我一会儿，然后尾音上扬，说了句“yes？”

“您能告诉我数学方面的书在哪个图书馆吗？”

“应该在科技图书馆。不好意思，请问您是学生吗？”

“不是现在，而是1941年的时候数学书放在哪个位置？”为避免麻烦，我又问了一遍。于是，对方的态度软化了许多。

“您是有什么目的吧？”

“是关于马里恩·汀斯雷的。”

对方感到很纳闷儿，那表情好像在说“叫这个名字的足球选手倒是知道一位”。

我道了声谢就离开了那里。图书馆一览表上还有一栋建筑叫“马里恩校区图书馆”。我原本期待着它是个纪念馆一样的地方，然而这名字不过是一个巧合。马里恩是此地以北俄亥俄中部某座城市的名字。听说这栋建筑就是马里恩校区的图书馆。

校园非常大，而且酷暑难耐，我只好就此作罢，打了辆车离开。

即使在俄亥俄州，马里恩也是一个被遗忘的人。

5

话说，您一直用“他”来称呼马里恩。

这个问题也与个人感受有关。我无法切身体会到20世纪的一名叫作马里恩的棋手与现在的自己是同一种事物。因此，他是他，我是我，在我看来，二者是不同的主体。

但不管怎么说，只是人称上有所不同。这么一想，其实二者本质上应该是一样的，在一些细小的问题上并没有什么区别。

还有，从大量的日志[①]中再现每个人的意识这项技术到底有多精密，我也没有看过设计和算法，所以不能说得很准确。也就是说，或许，那些我认为是马里恩记忆的东西实际上只是系统出现的错误。因此，我就先遵照自己的实际感受，为了方便，将生活在20世纪的马里恩称为“他”。

当然，我也知道这项技术的精度是非常高的。举个

①计算机用语。日志（log）是指系统所指定对象的某些操作和其操作结果按时间有序的集合。log文件就是日志文件，log文件记录了系统和系统的用户之间交互的信息，是自动捕获人与系统终端之间交互的类型、内容或时间的数据收集方法。

例子，马里恩这个人的记忆、情感——甚至是他年幼时的见闻，如今都在我的意识深处再现了。但即便如此，老实说，竟然连“他”这样20世纪的人都能再现，这点还是令我非常惊讶的——要知道那个时代的人不会留下大量的日志。这是应用了信号处理或者图像处理之类的技术吧。

正如您所说，针对日志库的复生之术，还架设了各种各样的程序库[①]。其中也包括信号处理和图像处理技术。

但请允许我先道个歉。因为，对于西洋跳棋的完全解在他死后才出现一事，您曾说过“这对他而言是种幸运”，我也是这么想的。

所以，在西洋跳棋完全解已经出现的现在将您复生，对您来说是一件不幸的事。我明明知道这一点却还是把您召唤出来了。

不，这件事情，我还得感谢您。

我说过，知道与亲眼见到是两码事，本质上虽然相同，但如果从个人的感受上说，它们仍然是不同的事情。而且，现在历史就这样真实地直接摆在我眼前，对我来说是一种苦难。

①程序库(library)，一个可供经常使用的各种标准程序、子程序、文件以及它们的目录等信息的有序集合。

可即便是这样，我仍然心怀感激。

我说过，马里恩继续下西洋跳棋是毫无意义的。也说过，这是他的一项事业。还说过，他是在和衰老战斗。但抛开这一切——抛开数学家、棋手，还有基督教徒的身份——**我们都想要看一看**。

我没办法很好地表达出来……马里恩是一个赢惯了的人，而且想一直赢下去。可与此同时，与想赢一样，他还想见证西洋跳棋完全解被人推导出来的那一刻。我们甚至在等待这个游戏被埋葬的那一刻。这种心情我没法很好地表达出来，但这确实是我们的真实想法。

我现在甚至产生了某种感动。从个人的感受来说，知道与亲眼见到果然是不同的。

容我继续提问。

如今，您已经以意识体的状态复活了。您曾与人类战斗，与机器战斗，与衰老战斗。可现在，这一切都已经不存在了。西洋跳棋这个游戏已经被埋葬了。不对——国际象棋、围棋、所有的博弈游戏都已经被埋葬了。

是您一开始说特别想问的那个问题吧。

是的，这件事我这次无论如何都想问问。您作为人间之王将近半世纪，还战胜了机器，就连它前来复仇都能击退。可现在，这个叫作西洋跳棋的游戏已经不在了。

如果是您，今后会如何在这个世界生存下去？

——这就是，我们所有人的疑问。对身为“人间之王”的您怀着敬意，对身为“人间之王”的您抱着期待，我们叩问：在这样无所寄托的世界里，该如何活下去？

这个我可以回答。

因为这个问题我已经想透了。哦不，这种问题就算是当时的三流西洋跳棋棋手也能想通吧。不过，可以给我一点思考的时间吗？我想先自己斟酌一下。

您请便。

……举个例子，有人会这样想：如果西洋跳棋被机器埋葬了的话，那就下国际象棋呗。如果国际象棋也被机器埋葬了，那就下围棋呗。如果围棋都被埋葬了，那就把棋盘扩大，在人和程序员之间不停地打拉锯战不就好了。

但这种意见我是不会采纳的。

首先，我觉得这样不断改变自己专业领域的行为根本不符合人类本性。我以前会用“事业”这个词。我认为西洋跳棋棋手就一生都是西洋跳棋棋手。

还有一个原因是，我从一开始就觉得人与机器之间的“你追我赶”毫无意义。人机之战的问题，本身就是人类自己臆想出来的。

呃，言归正传。

比如，放弃西洋跳棋，或是像“他”父母那样以警察或教师的职业谋生，我觉得这条路应该是可行的。不过这种方法，最起码我是不会采用的。因为我怎么都无法想象，一个知道要去战斗、知道要去挑战的人竟然还会选择放弃。这样做，就会给自己的战斗故事画上句号。

我觉得人应该随着衰老而失败、离去，这才是正理。但他却是越老越强，甚至可以说是不合常规的。他处在某个完全相反的彼岸。说起“他”这个人——战斗到最激烈的时候，游戏本身却消失了。

“他”是无法给自己的战斗画上句号的。

我有时候很羡慕谢弗。因为谢弗给自己的战斗画上了句号。但“他”却不可以。也就是说，“他”是无山之地的登山家，是无海之域的潜水员。

你说得对，这确实是个难题。

那么，在西洋跳棋上遇到难题的时候，我们会怎么做呢？

我们会试着站在对方的角度思考。所以，关于这个问题，我站在奇努克的立场上思考了一下。

真要说起来，奇努克这个程序其实也和我们一样，在完全解这个即将到来的不可抗的事实面前，进行着毫无意义的战斗。

——那奇努克到底是在和什么战斗呢？

这个问题，我一直在思考。

当然，奇努克是只为西洋跳棋而生的程序。我不认为它有某种意识、智力或是主体性，也不希望硬是要把它拟人化。我仅仅是想作为一个抽象的问题来思考一下，奇努克为什么会诞生……

但这件事，如果可以的话，我真不想说。

因为它会产生某个结论。某个甚至不言而喻的结论……先说好了，接下来我要说的内容，不一定是具有现实性的东西。也就是说，是一种神学的、变种的，或类似变种的东西。这或许也是您所求的答案，但这不能当一个模型去嵌套，希望您可以明白这一点。

准备好了吗？

我得出了这样一个结论：

奇努克要挑战的对手是创造了它的程序员。

当然，这是一种比喻和类推。

在明白了这一点的基础上，我将它换成自己思考了一下，也就是说，我要挑战的对手是……

够了。我明白了。也理解了您应该不能说出这件事。真是很感谢您和我聊了这么久。那么，容我最后问一个问题：如果让您和巅峰时期的马里恩下西洋跳棋，您觉得谁会赢？

这还用说吗，当然是我赢！我根本想象不到自己会输给谁。因为——我是真的讨厌输。

纯净之桌

Shaman versus Psychiatrist

日本麻将[1]是一种桌面游戏。四人围着桌子，从一百三十六张牌中取出十四张进行组合，集齐番种[2]。牌的种类分为万子、筒子、索子[3]以及字牌。万子、筒子、索子从一到九有九种，字牌则分为三种三元牌[4]和四种四风牌。一般来说，这是一种具有赌博性质的游戏。

---

①本书指日本麻将，是麻将规则的一个重要分支，其记番方法的称谓以及和牌方式与中国的麻将有所不同，一部分说法也与中国不同，翻译时多采用日本说法。

②指在麻将中可以和牌得分的牌型。

③相当于中国麻将中的“条”。

④麻将中白板、绿发、红中三种牌的统称。

1

白凤位战实际上有九届——这一事实让专家们十分震惊。但这一比赛比起其他的头衔战而言历史更短，难以引起人们的关注，以及白凤位战在前一年第八届时就停办了，鉴于这些情况，人们不知道有九届比赛也很正常。第九届白凤位战比赛具体发生了什么，以及当时是谁登上了白凤位的宝座，这些都在新日本职业麻将联盟的历史上被抹去了。

关于那时业界内部的力量做了什么，有很多议论和谣言漫天飞。但根本的原因，一言以蔽之，就是那场对局太过不同寻常。职业选手们如果还想继续保持职业身份，那场对局就不该存在。

首先让人感到异样的就是出现在决赛桌上的面孔。

业余爱好者有三人，职业选手一人。这倒并不让人们感到特别惊讶。白凤位战也有业余选手组。既然如此，自然就有一路获胜的民间强手。麻将与围棋和国际象棋不同，偶然性很强，无论是临场发挥多么好的人，打上一百局的话总会输上几局。职业麻将手就是了解了这一点，争取着百分之一或千分之一的胜率，进行激烈的交锋。

但这些人是怎么回事？

在预选赛中拔得头筹进入决赛的是一名叫作真田优澄

的业余爱好者，她当时二十七八岁，是“都·萨”宗教的法人代表。她一人就获得几百点得分，还没到预选赛最后一场就已经确定能进入决赛了。最异常的是比她的来历更神秘的麻将的打法。

“我至少能确定，我们玩的不是麻将这种游戏。”

说这句话的是在决赛中与优澄比赛过的 A 联赛职业选手新泽驱。我向他打探关于第九届白凤位战的具体情况，他犹豫不决，提出条件说之后要看我的采访手稿并进行修改。我同意了，他这才答应了我的采访。

“我到现在也不认为那是魔术。读唇术、出老千……我怀疑了所有的方法，但最后也没有得出结论。”

我们在新泽家附近的咖啡店里，他在桌上摊开了一张牌谱给我看。

我倒吸一口凉气。白凤位战决赛的牌谱应该已经被销毁了。但是，新泽好像也对这场决赛有着执念。他悄悄弄来复印件，比赛到现在已经过了快十年，他还是秘密地藏着。

决赛总计四次半庄[①]，这是最开始的一局[②]。在第六圈，

---

①半庄指在东风场与南风场进行比赛，每场四局，总计八局。

②如果一场中庄家更换，则局也会更换。从“一局”到“四局”位置，四人轮流做庄家。

新泽抢先立直[①]。就在刚刚，优澄打下了一张六万。要是她再晚一圈打新泽就能和牌了。

“我当时确实有一种不好的预感，想要的牌提前被别人打了，并不是什么好事。但我这边胜利在望。”

“然而。”他继续道。

“下一圈，教祖大人马上立直。那之后，她和了我打出去的四万。我觉得被她算计了。她肯定是一开始就察觉到我的想法，早早地把危险牌打出来了。”

然而，优澄摊开的手牌与新泽预料的完全不同。

优澄最后摸到的牌是六万。

如果逆推，那就是这样：优澄最开始有五万和六万。然后在新泽立直之前，她特地毁了自己的手牌，打出六万，但下一圈她又摸到了同样的牌。靠这种方式，她避免了点炮。

但是，只要是打过麻将的人都知道，通常不可能有这种打法。是的，除非她能够透视看到牌面。……我不禁询问。

“不是剪手吗？”

“剪手”是一种麻将技巧。将摸到的牌迅速放到手牌的第三张或者第四张，但在别人眼里你将牌放到了最右

①在未鸣牌的状态下听牌时，可以选择“立直”。

边。这是为了让对手猜不到自己摸了什么牌的障眼法。

“我说啊。”新泽不耐烦地说道，“你好好看牌谱。不是写得很清楚吗？虽然牌谱的记录也可能出错，但是这么多年我都靠打麻将谋生，如果是剪手我肯定能看穿。不只是这样，我还能看穿三名对手是按怎样的顺序排列麻将牌，又是怎样换牌的——比如说，即使有人悄悄地把边上的牌换到第三张的位置上。哈哈，想要碰牌后听牌[1]。将‘八九九’排成‘九九八’。之后打八的时候，让人猜不出最后的牌型……好吧，就靠这个牌和这个牌来制止……你要是也会打麻将，至少能分析出这些吧？但是职业选手和普通人不同的是，我们在所有情况下，每时每刻都在分析这些细节。我告诉你，这可是基础中的基础。”

新泽口若悬河，看着我沉默不语，又回归了正题。

“教祖大人的这种打法肯定有什么机关，但是我没有看穿。也就是说，卓越的技术和魔法并没什么区别。而如果只看现象，真田优澄好像在变魔术。但是……”

一瞬间，他说话含混不清。

“——但是，职业选手即使烂在土里也不能说出这种话。”

新泽是进入决赛的第二人。

①指只差一张牌就可以和牌的状态。

新泽在刚成为职业选手时，打麻将的风格比较传统。他相信运气和流势，比起出牌速度更重视自己亲手摆的牌。但某天他在施工现场被砸了头，那之后他的心境发生了某种变化，成为“数据流”这一流派的领军人物，不断取得胜利，后来不知不觉成为头衔战的常驻人员。他要是胜利了就能不辱职业选手之名，但输了就会颜面扫地。对联盟来说这是背水一战。

新泽在预选赛时也被业余选手围攻，但他在混战中脱颖而出，拔得头筹。与我见面这日，他脸上微微泛红，一副酒醉未醒的模样。眼睛浑浊，手上皮肤皲裂。——麻将的职业选手，与围棋和象棋选手的状况完全不同。

打麻将是看运气的世界。

不管你发挥得多么好，神经多么紧绷，不行的时候怎么做都不行。即使是顶尖的职业选手，也可能在第四圈就给业余人士的役满[①] 放炮。

从某种意义上来说，围棋和将棋的职业选手是胜者。当然他们也会因计算不如对手而输掉，绞尽脑汁但还是存在实力差距，但是他们不会有像天灾般的失败。

麻将则不同，坏运气随时可能出现。即使对手水平明显低于自己，他也有可能在发牌时就听牌。你也许会第一

---

①指麻将中的大牌。通常指满贯的四倍。

圈就放炮。麻将的职业选手并不是一直积累胜局，而是失败，再次失败，一直失败。不知不觉中，环绕在他们身边像空气一样的事物发生了变化。无论他们实力多强，不管他们多么努力，有时也会像遇到交通事故一样意外死亡。他们深知这一点。因此他们怀抱着某种觉悟，培养出了独特的看待他人的眼光。

他们把希望寄托于神明。在重要比赛之前，有人一定要找女人。

比赛时很少会有人录像，有些对局甚至不会留下牌谱。只有很少一部分人能靠当职业选手谋生。很多人在没有比赛时就去烤串店打工，或者去日结报酬的工地打工，从签订了专属契约的麻将馆拿到一点微薄的酬劳，勉强维生。

如果把围棋和象棋的职业选手比作在空中飞翔的大鹫，那职业麻将手就是瘦骨嶙峋的在地面爬行的食肉兽。正因如此，他们身上各有不同的人间妙趣。

第三位进入决赛的是在东京业余组获得胜利的九岁少年。这件事让职业选手们颜面扫地，但实际上联盟很高兴看到这种情况。这名叫作当山牧的少年，患有亚斯伯格症候群[1]，同时也拥有所谓的天才能力。据说他曾经连话都说不流利，但是在看家人打麻将时，突然迸发了才能。少年当山受到媒体的关注，从预选赛开始就被摄像机包围。因此联盟想要让他留到决赛，让白凤位战受到世人的关注，从而改变麻将这一竞技在人们心中的印象。

最后，联盟的期待落空了。

第九届白凤位战的决赛视频，无论怎么剪辑都无法播放，那时的视频资料也被联盟暗中销毁。电视台也曾问过这件事，但得到的回复是所有数据都被处理掉了。

少年当山的能力在前文提过的对局中也体现了出来。新泽打了三索后立直，他毫不犹豫地打了二索。这种牌被称为分叉牌，是很危险的牌。假设将“三三四”中打出一张三然后立直，那二和五就是需要的牌。

对局后被问及此事时，他回答说：“分叉牌并不危险。”

“从统计学上看，对手打了三以后立直，这时打二比平时更安全。而且，就算同样是分叉牌，打一更加危险。如果是‘一一三’的牌，很多时候对方都在等一来个双碰。但如果是‘三三四’这种好牌，很容易形成面子[2]。”

---

①是神经发展障碍的一种。其重要特征是社交困难，伴随着兴趣狭隘及重复特定行为，但相较于其他泛自闭症障碍，仍相对保有语言及认知发展。

②指三张牌为一副的组合。此处指形成三三三这种刻子，或是三四五这种顺子。

少年当山——现在已经是青年了。他曾是概率计算和统计演算方面的天才，现在就读于关西的工学部。

我给他发了邮件，表明想要采访他的意愿，还问他为什么没有选择理论数学或理论物理，而是选择了工学。我先入为主地认为这个选择不合适他。他很快回了邮件，虽然只是写了要点，但看起来态度亲切。像理科大学生一样，文章很有条理。

“我也考虑过理论数学和理论物理的道路。”他这样写着，“但是我想要学习应用科学。因为觉得这个学科更有人性。”

我问他现在还打不打麻将。

“大概半年打一次吧。”他说偶尔会和研究室里的同学一起打，“但是，像那时候的那种比赛，说实话，我不想再经历一次。”

当山给我发送了白凤位战的牌谱以及他自己制作的放映软件，画面上可以看到四人的出牌进展。这给我提供了很大的帮助。以防万一，我问了他牌谱的来源。他说是通过新泽拿到的。

接下来，我问了无关紧要的问题：“你现在有女朋友吗？”

“我在单相思。”

当山这样回复，但是没有说对象是谁。据当山所说，在白凤位战决赛后，概率与统计之神离开了他的头脑。他现在虽然偶尔会厌烦日本的学院风气，但也过着充实的研究生活。我虽有点疑惑，但还是鼓励他说“加油吧”。

“我会的。”他如此回答。

以上三位都早早地进入决赛。与此相对，他们身后有数十名选手的分数集中在三四十这一范围，直到最后也难分难解。接下来，凭借仅仅数百点分差优势进入决赛的是在业余组取得胜利的赤田大介。

比起优澄和新泽、当山等人，他并没有像特异功能般突出的才能。虽然这样说有些失礼，但比起另外三人，他的打法真的很平庸。当然能进决赛就说明他麻将打得很好。虽然他并没有出类拔萃的特殊才能，但打牌风格坚实正统。他作为凡人坚持战斗，在凡人们的比赛中靠毅力取得了最终胜利，进入决赛。

在决赛中，即使面对新泽的立直，他也能打出安全牌进行防守。他没有优澄那种仿佛超能力般的力量，也没有新泽那样的注意力，更没有当山那种能瞬间计算概率的大脑，他坚定地保持着防守，以毫厘之差的胜利为目标——这就是他的战斗方式。

赤田当时三十二岁，是一名精神科医生。

支撑他的只有一份执着的心。但是他对白凤位的宝座没有兴趣。赤田是追逐着某个人才进入的决赛。过去曾是他的患者以及未婚妻的那位女性——真田优澄。

"——我当时觉得，是身为医生的信念、伦理观以及自尊刺激着我行动。"赤田回忆起当时的情景，这样说道，"但现在回想一下，我只不过是一个为爱痴狂的男人。"

他诚实地坦白，最开始两人之间是逆移情。这是来自弗洛伊德[①] 的古老说法，现在也是精神医学的临床上经常出现的问题。移情之爱，也就是在治疗过程中，依存关系不知不觉转换为恋人之情。

这是她建立教团之前的事。优澄为治疗精神分裂而去了赤田的诊所，两人很快就开始互相吸引。察觉到了移情的赤田试图与优澄保持距离，但他的感情占据了上风，无法让步。赤田让优澄搬到自己家里，最后还订了婚约。

最开始赤田开的处方药是氟哌啶醇。这是一种强效的安定剂，据说甚至能使大象睡着。于是优澄的精神分裂得到了改善。然而药物副作用也不小，她失去了锐气，如果增加剂量，身体就会渐渐扭曲变形。渐渐地，赤田产生了这种想法——这与其说是治疗，反而像是在抹杀优澄的魅力与个性……

①奥地利精神病医师、心理学家、精神分析学派创始人。

赤田已不再是一个冷静的医生。

他减少了药物剂量，使用了自己毕生所学的心理咨询技巧来治疗优澄。一开始的确取得了一定的效果，但是疗效无法持久。两人的未婚夫妻关系，也不断引发与亲人间的纠纷。

最后优澄无法忍受这种状况，她离开了赤田，不知何时成了“城市的萨满”这一拥有两个名字的新兴宗教的教祖。

她接受了自己的病情，选择了摸索社会生活这一道路。优澄不需要金钱，这一点很受欢迎，信徒立刻超过了百人。教团的项目里，甚至有一项是部分特定信徒可以通过与优澄交合来获得神灵的启示。赤田开始放纵自己，酒量也与日俱增。

身为医生的信念与男人的尊严都受到了伤害，感情风暴使他内心深处一片混乱。

这时，他知道了优澄要参加白凤位战。根据教团发布的消息，这是为了通过麻将这一仪式来治愈世界的不和谐，同时也为了将优澄的灵力传播到世间。虽然觉得很荒谬，但赤田还是条件反射般地拿起了电话。

“我们赌一把吧？”赤田率先对优澄如此提议，“我也会参加那个比赛。如果我赢了，你就回来再接受一次治疗。”

“要是我赢了呢？”

“我就不做医生了。”

“可以……”优澄冷淡地答应了，“反正你绝对赢不了我。无论靠什么药物或者疗法，或是最新的论文，在牌桌上都毫无作用。如果想要消灭我的魔法，你就必须拥有更厉害的魔法。”

2

没有一名职业选手能解释清楚第九届白凤位战的比赛内容，也没有一位记者能写出观战报道。我也在观众席上旁观了这场决赛，但说实话，我真正的想法就是我不知道发生了什么。能够勉强靠近、认识比赛本质的好像是摄影师兼漫画家户高安吉。户高很擅长画轻松的评论类漫画，但在描绘这场决赛时，他的笔触变得沉重，结局也有点不合逻辑、模糊不清。

比赛漫画应该是收录在单行本的第二卷，但不巧的是单行本只刊行了一卷。户高宣称这是因为第一卷的销量没能达到收益线，但还有一种说法是因为第二卷里描述了白凤位战的场景。

不只是麻将，大概所有的竞技比赛都能自然地从选手的身体架势和手势看出其能力。但只有这场决赛不是如此。只有新泽正襟危坐。少年当山可能是有点焦躁，一直坐立不安，他的手很小，所以总是拿不好牌。

赤田的驼背非常严重，好像要被面前的牌淹没，他环视着其余三人打下的牌，有时甚至会用整只左手将牌盖住。而优澄抬头望着天，还用鼻子哼着歌。被监场人提醒过后，她装模作样地说："这是北美印第安人之间流传的祝福之歌。"

"萨满能通过歌舞看到那边的世界哦。"

这之后，再也没人提到哼歌的事了。

"当山，"比赛开始后不久，新泽跟当山搭话，"你摸牌的时候，总会稍微有点倾斜，从我这边可以看到你的牌哟。"

选手之间一般不会互相交谈，但这可以说是新泽的职业意识所引起的发言。虽然这个男人说话尖酸刻薄，会喝酒后接受采访，但他也有公平竞争的意识。

"到现在都没人告诉过你这件事？"

当山摇了摇头，新泽愕然，长叹一声。

"让人心痛。"新泽说道，"这就是现在日本职业麻将的现状。不觉得很丢脸吗？仔细想想吧！——这个孩子还不到十岁，他摸到的牌能被人看到，而且没有一个人提醒过他，但他还是赢到了现在！"

监场人警告着他，但他毫不在意，继续说着："——

这样的话，也可以理解为什么坐在这里的职业选手只有我一个。”

他这是在说别的职业选手很窝囊。新泽虽是顶尖职业选手，但和联盟的董事与工作人员交情很浅。他这样挑衅同行的结果，就是只能赢不能输。毕竟他对自己信心满满。

“以前在女子头衔战中应该发生过一件事，”新泽还在继续，“某名选手在申报自己的点数时说错了，观众指出错误并且订正。就有人说观众居然在比赛中插嘴，真不像话。嗯，这也不是没有道理，但是……”

新泽从点数箱里拿出一千点，宣布立直。

“但是啊，在那之前。堂堂职业选手居然把点数算错了，这又算怎么一回事？”

监场人脸上露出难为情的苦笑。新泽在喝酒时或者比赛时，总会说起这件事。

当山打了二索。新泽看到后嘴角露出一丝笑意。这是开头说的那局比赛。之后优澄马上立直。赤田则是一直打安全牌。

观众席上一片哗然。

“我有一种不好的感觉。”

新泽伸手摸牌，摸到了四万，这就是优澄所需要的牌。在看到对方的手牌前，新泽说着“给你”，拿出了八千点。他一贯认为职业选手应理所当然地能预估对方的点数。但优澄摊开的牌让新泽瞠目结舌。

她打了六万后，又摸回六万。

“……这什么情况？”

批评别人和牌是违反职业道德的，新泽自然很清楚这点。但优澄的出牌顺序实在太过异样。赤田和当山也都屏住了呼吸，凝视着优澄的双手。

——魔术。

优澄从第一局就开始展露出了这种能力，但这只是开始。优澄的麻将打法把其余三人卷进暴风雨，动摇了他们的基础，不知不觉被拉到同一个赛场——各自的想法纠缠交织，不知不觉中，形成了怎么看都像发狂了一样的牌谱。简直是彼岸的对局。第九届白凤位战的决赛，是斗牌的极致。

这时另外三人的想法各异。当山觉得这是优澄的失误，她可能是想形成别的番种才打了六万，但新泽立直以后她又马上摸到了同样的六万，她就顺势也立直了。虽然这种打法不合常理，但人们往往会做出这种选择。赤田则认为，她可能用了剪手，或者就是单纯的偶然。不清楚的事情就是不清楚，所以先搁置。

因此，当山和赤田二人并没有被优澄的谜团束缚。下一局当山很快就采取进攻，获得了一千点，第三局赤田和牌赢了两千六百点。

这两局点炮的都是新泽。

只有新泽因为拥有罕见的观察力和注意力而看透了优澄的异常，从而被她摆布。但是接下来第四局优澄坐庄[①]。当山和赤田终于都陷入了痛苦的深渊。

优澄用小牌进攻连续坐庄，这是非常普通的手法。这期间新泽注视着优澄的一举一动以及观众们的动向。新泽认为有可能有人在背后给优澄发送暗号，这种手法在民间被称为通牌[②]。但优澄却只是盯着牌桌。

新泽又反复检查了牌的背面。他猜测会不会是遇到了记号牌，这是古老的千术。变魔术用的扑克牌也经常会用这种手法，就是在牌的后面弄上一些瑕疵，这样她事先就能知道自己会摸到什么牌。

优澄可能之前就用过这个牌桌。或者她事先调查过决赛时会使用哪一家麻将馆，然后悄悄潜入调换了麻将牌。这也不是不可能的事。但是牌上并没有瑕疵。

为了以防万一，他还用口袋里藏着的可以鉴定矿石的黑光灯照了一下牌，牌的背面没有变化。“吓我一跳。”优澄目睹这一场景时对他说。

---

①庄家和牌得分是闲家的 1.5 倍。庄家和牌后可以再次坐庄。

②这里指打麻将的人与观众通过某种手段沟通作弊。

“你居然还带着这种东西。”

“呵呵。”新泽笑了，“除此以外，我还带了镜子、杰克刀等一堆东西，对我来说就像护身符一样。毕竟这么多年我都是靠打麻将来吃饭的。”

“你放心吧。我没有通牌也没用记号牌。”

“那你用了什么？”

说着新泽撇了撇嘴。在官方头衔战中进行这种对话就已经十分异样了，但是连监场人都没来提醒。比赛中，好像发生了什么不可解释的事，事到如今大家都意识到了这一点。

“如果硬要说，算是某种通牌。但是并不是和某个人通牌。应该打什么牌，应该等什么牌——这些，都是这些孩子告诉我的。”

说着，优澄指向了一百三十六张麻将牌。

“人们一般会说这是记号牌。”

“你什么都不懂。”优澄挑衅地竖起了手指，“并不是我们在选牌或者出牌，而是牌在选择我们和丢弃我们。我只要倾听它们的声音就行——”

“过去那么多职业选手中，有没有人的打法和优澄类似？”

在新泽收起牌谱之际，我换了一个提问角度。我期待他的回答是“空前绝后”。但是新泽稍微思考了一下，然后开口道：“有啊。”

“硬要说的话就是安藤满了。不过是非常古老的战术……你知道亚空间杀法[①] 吗？”

“不好意思。”

“也没什么。那也是曾风靡一时的打法……那现在由我来提问，你觉得想要在麻将中获胜需要做些什么？”

“计算牌的效率……以及，分析对手出的牌。”

新泽摇了摇头，打开记事本，在上面列了一些记号。

“你分析一下。”

那是用缩写记下的打下来的麻将牌，最后写着“立直”。

“……没有打过万子，很早就打出了中张牌，但字牌打得很晚。如果是混一色，那索子又太多了。宝牌[②] 也很早就出了，所以是要组成七对。他在等索子或者筒子的边张，或者是在等筋牌[③]。”

“哈哈。”新泽笑出了声，“这样你就输了。”

“那正确答案是什么？”我有些生气地问。

---

①由日本职业麻将联盟职业九段安藤满所提出的一种麻将战术。其要点在于以强行鸣牌来改变所谓摸牌的运势。

②加分牌，如果在和牌时持有可以计算入分数。

③日本麻将中是指同种花色数字之差为 3 的两张牌。

新泽在下面空白处画上了十三张牌，是人们司空见惯的平和牌。如果把这种牌当成问题来分析，有些不公平。但是打麻将时确实会发生这种情况。

“从原理上来说，打下来的牌是分析不了的。”新泽将纸揉成一团扔进烟灰缸，“而且你还说了七对吧？七对这种番种特别引人注目，但是将所有和牌平均一下，七对只占百分之二的概率。这样说有点不好，但是只靠分析完全没用。”

说到这里，新泽又取出一副扑克牌。

除了小刀和黑光灯，他好像还随身携带着很多东西。

“你知道二十一点[①] 吧？”

在我点头之前，新泽开始洗牌，然后向我这边扔了两张。然后用下巴指了指咖啡店里的纸火柴。我取出一根，放在了牌上。因为我是十四点所以直接掀开了花牌，我输了。我将一根火柴棒递给新泽。

“二十一点的必胜方法是什么？”

“……算牌。”

玩家可以通过计算扑克牌的剩余张数，判断形势对玩家和庄家哪一方更有利。这种方法赌场不利，但讽刺的

---

①一种纸牌玩法，又名黑杰克（Blackjack）。该游戏由2到6名玩家参与，使用除大小王之外的52张牌，玩家的目标是使手中的牌的点数之和不超过21点且尽量大。

是，随着这种技术的传播，之前对赌博没有兴趣的人也被吸引去了赌场。

“麻将也是一样。”新泽低声道，“听说过吗，有这样一个实验。2003 年时，某个工科毕业的人设计了一个程序。这个程序可以推测在牌山[①] 里还剩什么牌。电脑不考虑点数状况，也不考虑对手按什么顺序出牌。不看是第几圈，也不在乎对手立直与否。”

——只是一一列举所看到的牌。

据说程序获得的分数比人高很多。

“和麻将最像的纸牌游戏应该是桥牌，但我觉得二十一点也和麻将很像。在这个游戏中，浓缩了麻将中最具麻将特色的那部分。”

游戏再次开始。我手上的牌共计十七点，我犹豫着，拿了一张牌。来了一张四。新泽是十四，他掀开暗牌后爆掉[②] 了。

“没有人已经十七点了还要拿牌。”他嘟囔着。

“是吗？”

“十六点时拿牌的可能性就是一半一半了。不过，因

①指打麻将时，四人面前码好的、还没被摸走的牌。

②在纸牌游戏二十一点中，当所有玩家停止拿牌后，庄家翻开暗牌，并持续拿牌直至点数不小于 17。假如庄家爆掉了，那他就输了；否则就比点数大小，大为赢。点数相同为平局，玩家拿回自己的赌注。

为你这个判断，本来应该是我拿到四然后赢，结果我却爆掉了。麻将中也会发生这种事。谁能拿到什么牌事先就规定好了。然而会有吃和碰这些鸣牌[①]，这样就会错过自己本该摸到的牌，出现复杂的局面……安藤满的亚空间杀法就是故意像这样使用这种打法。”

“因为手气好的人摸的牌也好，所以靠鸣牌来打乱他。是这个意思吗？”

这是从很久以前就经常被提及的说法。比如说，手气好的人经常和牌。或者是因为手气好的人牌的流势很好，所以要用吃牌之类的鸣牌来打乱他的牌的流势。

“简单来说就是这样。”

“但是……”我一时语塞。

“嗯。”新泽回应道，“但是并不知道某个人手气好还是不好。当然，我们有时也会感觉到运气来了，但接下来也可能给人的役满点炮。这种事谁都说不清楚。不过安藤多年以来靠着这种方法拔得头筹。硬要说的话，教主大人的打法和安藤的亚空间杀法很接近。——特别是那场三连庄。”

那场优澄三连庄。当山两面立直。

---

①指取得其他人打出来的牌组成面子。有碰、杠、吃三种。鸣牌后需要打出一张自己的牌。

优澄马上吃了当山打出的七索。“吃替是可以的吧？”说着她打了四索。明明手中有“四五六”，但她还是吃了七，打了自己手中的四。这被称为吃替，很多麻将馆都禁止这种下法。不过虽然有些骗术会使用吃替，正式比赛中并没有什么理由禁止，所以联盟允许进行吃替。

下一圈，优澄平和自摸，一千五百点。

“是这个吧？”

优澄指着自己摸到的牌问当山，如果优澄没有吃，那当山就会摸到这张牌然后和牌。但更奇妙的是优澄的牌面，她不惜破坏三色同顺[①] 也要鸣当山的牌。这种选择毫无意义，只会造成损失。不，也不能说没有意义。

她让当山错过了他本来能摸到的牌，最后使他不能和牌。

因此，当山也开始疑惑。

——这是怎么回事？

——真山优澄这个人打牌的标准是什么……

优澄的打法和安藤的亚空间杀法不同。本来她就和了好几次牌。如果手气好的人会摸到很多好牌，那她完全不必故意吃牌。

更奇怪的是，优澄为什么知道当山在等什么牌？

---

①指手牌中含有万子、索子、筒子三种牌相同大小的顺子。

当山摇了摇头，转换心情。不管怎样，世界上没有超能力。在那之前，只要知道优澄使用了什么打法，只要知道她的出牌模式然后想办法应对就可以。只要能看到优澄的神学丛书，自然就能知道对付她的办法。话虽如此，当山完全搞不明白优澄的打法和标准。

四连庄。

五连庄。

这两场都是流局。新泽虽然都听牌了，但他选择将牌盖着不给敌人信息。每次他都要支付罚符[1]。很早以前，陌生人之间赌上高额赌资的比赛中会出现这种情况。但在竞技麻将中几乎不可能发生这种事，不，是不能发生。虽说这种做法是为了不给对方信息，但也损失了很多点数。

“没有用的。”优澄指出。新泽无视了她。不知不觉间，在明亮开放的氛围下进行的竞技麻将，变成了逼仄昏暗的公寓里的赌博麻将。

六连庄。

场内局面越发胶着。第七圈，当山吃牌后做了一副能赢千点的牌。但是这时，他“啊”了一声。这个鸣牌是他的失误。

“可恶！”当山发着牢骚，“唉，我都做了什么！”

---

①指对重大的犯规进行处罚的一种方式，犯规者要对对战对手 3 人，支付一定称为罚符的罚点。

在过去，为了早点和牌，就算做出不值钱的小牌也行。

但他打错了。即使没到犯错这种程度，后果也要视情况而定。不能因为想着快点和牌，就大幅降低自己的期望来出牌。

当山正是做了这种事。他手上的牌本来可以做出很高的点数。但他在高压之下，计算错了自己的期望。

新泽马上打出了当山需要的牌。

他察觉到了当山是小牌，决定让当山和牌。他虽若无其事地说过敌人需要的牌无法分析。但职业选手在能分析的时候就会分析。

当山动不了。年轻的当山不想在自己失误的比赛中靠别人和牌。

“喂，小鬼！”

新泽突然站了起来。他对自己的分析非常自信。这时监场人硬插进两人中间，新泽依旧保持着愤怒的表情。

数圈之后，优澄和牌得到一万八千点。她超过了五万点，是当之无愧的第一名。当山震惊了一会儿，被催着交出了他该给的六千点。当山之前信仰的事物：数理和概率的基础正在慢慢崩塌。

七连庄是流局。

接下来的八连庄，开局后新泽很快就倒下了牌。

“……是九种倒牌。”

联盟规定如果手牌里的字牌和一九牌有九种以上，那该局就不成立。因此庄家由优澄变为赤田。但是观众席上的讨论声更加嘈杂了。

——是十一种吧。离国士无双[①]只差一步了。

——在这种状况下放弃了可能会形成的役满。

“怎么可能。”当山自语。

“闭嘴吧。”新泽马上回复，“到这地步你也该明白了吧？”

旁边，赤田伸手将新泽应该会摸到的牌一张张翻过来。这严格来说也是违反比赛规则的。但是场上已经没有人能责备他了。

七筒、三索、二索、八万……他翻了数十张牌，但是并不可能形成役满。这期间新泽一直将视线移开。

“别看了。”他喃喃道，“赤田，看了就是输了。”

如果真的能形成役满，那就是他判断错误。没有就是没有，这也像认同了超自然的现象而支持了优澄。

无论怎样，赌徒不能回头看已经结束的牌山。

“没关系。”赤田冷静地回复他，“我从一开始就是作

①收集到一九牌与字牌各一张，共十三张，再收集两张任意一种牌。

为一名凡人坐在这里。我就好好做个凡人，翻看牌山。除了我还有谁能做到这种事——”

结果优澄一人保持比分领先，迎来了最后的南四局。

新泽一直赢着小牌，排名上升到第二位。他又摸到了九种倒牌。但因为是最后一局，不能就此取消。这次他决定就朝着役满努力。优澄看到后露出了微笑。

“决定性的失误。”

“不要总在别人出牌的时候笑！”

优澄没有回答。七圈以后，她又自摸和牌赢了一万八千点。这是压倒性的胜利。赤田叹着气，慢慢扭动脖子。大家都一言不发。

“喂！”

这时新泽站起来，大声对所有人喊道：

“你们都听我的！从下一场[①]开始，场上不要再有观众了。每打两局就给我换新牌。还有，把这个碍事的摄像机也拿走吧！”

新泽怀疑优澄出老千，因此对他来说这些要求都是理所当然的。

但这也是史无前例的要求。头衔战比赛要是没有观众和摄像机，那成什么了？不过，那样可能才是比赛应有的

---

①打麻将时，全员都做过一次庄家的一轮叫作场。

模样。因为现在这样是无法阻止观众发出暗号的。不过，至今为止大家都是靠君子协定才维持现状的。

新泽则是想将这些都推翻。

因此，比赛中断了大约一小时。这期间，联盟和电视台的工作人员一起商量了对策。新泽要了一杯咖啡，但好像很难喝，他只喝了一口就让人拿走了，然后开起了美国人一样的玩笑。

“听说新宿的麻将馆里有加油站，不知道是不是真的。”

说着他看向牌桌。赤田和当山一动不动地坐着。

“喂！小子们！”新泽给他们打气，“快趁现在打起精神啊！你们以为我是为什么才会向主办方抱怨的……”

如果有一个人得分遥遥领先，那另外三人就得先合作。但是看赤田和当山现在的样子，根本无法合作。

因此新泽才做出了那些举动。

他想要的就是这一小时的缓冲时间。

赤田点点头，缓缓地走向自动贩卖机。但是当山一直仰头看天，询问自己：这是为什么？到底发生了什么……

——这是宗教和科学的战争。

不是发生在十九世纪，而是在二十一世纪，在无神论者的国度，而且发生在麻将这一微不足道的桌面游戏中。在这里，理科学生与活跃在第一线的职业选手都说出了

“运气”和“流势”这种词。

关于它们是否存在，一直是各个年代、各个地方讨论的焦点。

麻将这一游戏，有时会不容抵抗地使人发狂。的确，牌会有偏向。可能某个人会一直赢牌，也有可能竭尽全力也无法使情况好转。理论上这种偏向无法预测。人无法利用运气。而且，麻将这一游戏会使人麻痹，从而忘掉这一点。

这是因为人类大脑的构造。

人的大脑先天就不擅长统计计算。即使打了上百场、上千场——不，倒不如说打得越多，这种偏向显现出来的次数就更多。这其中包含了数不尽的成功体验与失败教训。人的直觉和经验自然会变得不准确。如果赌资很高，还会有人进行祈祷，想依靠超自然的力量。

只要有一个人这样做，其他人就必须进行应对。原本的坏着也会变成好着。人的直觉会更加不准。最后所有的概率与统计都背叛了你。这样不断循环，自然地将四人诱拐进了迷宫。

麻将本来是一种非常单纯的游戏。人们每次只需要选择在十四张牌中打出哪一张就行了，基本都会有正确答案。连二十世纪八十年代的电脑都能编写出接近最强概率的程序。——但是，人在握住牌的那一瞬间。

别人的疯狂也会加入，然后与自身的疯狂混合。

而且麻将中的“偏向”，与其说是牌的偏向，更像是因人的选择而产生的偏向。那时，麻将就变成了无法解析的、复杂而玄妙的游戏。

要怎样用疯狂超越疯狂？

这就是麻将这一游戏恶魔般的另一面——不，这是它本来的样子。

结果新泽的要求通过了。

换句话说，是因为优澄的打法太过异样。在那之后观众被清场。但是应电视台的要求，摄像机还在继续运转。不过在比赛结束前没有人在一旁操作。电视台操作摄像机的人本来想用手机传递信息，但没人记谱。所以只能比赛后靠视频资料来制作牌谱。

就这样，白凤位战决赛第二场以后的对局被封闭在了黑暗里。

我本来也在旁观，结果被人从场内赶了出来。因此下文所述，全都是由牌谱和传闻总结而成。没有荣誉，也没有观众，这场从历史上消失的决赛。它的全貌到底是怎样的？

3

“我们来赌钱吧。”这是新泽开口说的第一句话。

赛场内还残留着人群的余韵，漂浮着凝滞的空气。观众自然都离场了，店里的工作人员也都撤走了。剩下的只有几台摄像机。新泽眺望了一会儿窗外的风景。“以防万一。”说着，他拉上了窗帘。

“已经没外人了。要是比赛期间有人掏出一把手枪都没人能来帮忙。你们在这种情况下打过麻将吗？”

没人回答。

“我打过，就是代打。在日本曾经的泡沫经济年代。那时候赌上一亿日元甚至两亿日元的比赛都司空见惯，但要是输了就不好受了。赛场上空气凝重，每张牌都像铅块一样重。那时才是对人真正价值的考验。”

“不要说这些让人不安的话了。”赤田劝新泽道。

除了新泽，场上的成年男子只有他一个人了，这种责任感使他说出了这句话，但新泽无视了他。

“我们来赌钱吧。”

新泽又说了一次，然后拿出一捆不知何时准备好的钞票。

“这七百万日元是我全部的财产。虽然这个金额对我这种顶尖选手来说，少得可怜。”

新泽在没有旁人在场的情况下，厚颜无耻地说要在竞技麻将的头衔战中打赌博麻将。

“联盟宣称不赌钱才是对实力的考验，一直强调竞技麻将的纯洁性。也有职业选手说，无论赌不赌钱，最好的打法都是一样的。但我认为只有赌钱才是对真正价值的考验。我想看到教祖大人你真正的价值。”

“不要开玩笑了。”赤田抗议，“你是不是忘了这里还有个小孩子？”

“我并不是要大家赌上同样的金额，赌上自己现在所有的财产就行了。怎么样，不是什么坏条件吧？这样就可以打出让人兴奋的麻将了吧。”

“……我所有的财产是四万块。”这时当山插嘴，“我想买一台电脑，就把零花钱攒下了，全部只有四万。可以吗？”

“完全够！”新泽大叫，“这是天才少年为了买电脑而偷偷攒下的钱！我们要夺去这笔钱！怎么样，是不是很激动？比起这四万，我那七百万简直连指甲盖都不如。”

“我没什么像样的资产。”优澄说：“只有一个小的教团，靠信徒才能吃得上饭。很遗憾，我没有什么能拿来赌的。”

“那就这样吧。你要是赌输了，就要在大家面前承认你没有灵力。没问题吧？毕竟连麻将都赢不了。我不是要你解散那个团体。但是，那之后还有多少人会跟随你呢？”

“我接受。因为‘都市的萨满’不可能输。”

“冷静一点。这可是正式比赛的决赛啊。”赤田的主张才是正确的。

但是这时，优澄低声呢喃：“——你要逃走吗？”

对赤田来说，没有比这更残忍的话了。

只有女人能说出的一句话。

身为医生的信念被摧毁，作为男人的尊严被践踏。现在感情旋涡依旧使他的内心深处一片混乱。这时，优澄提出了这样的疑问。

你要逃走吗？

“……我现在的存款……”赤田的声音颤抖着，“以及之后将诊所卖掉……大概有四千万。从金额上看和大家不相称，但是我还有职业经验。”

说到这里，赤田一边痛骂一边敲着桌子。

“和麻将游戏还有新兴宗教的教祖比起来！啊，还是非常相称的。”

谈话就此打住。

——完全出乎意料。

——破例中的破例。

这一系列举动当然都被摄像机收录了下来。但工作人员确认之时，比赛已经结束了。在这种动荡的氛围之下，决赛第二场开始。四人都已经想好了战略。优澄决定就这样独自领先直至最后。另外的三人决定合作让她掉落到第四名。

赤田先采取行动。他在第七圈立直。新泽挑衅般地故意缓慢出牌，问当山："要是你赢了这四千七百万日元，准备怎么用？"

"将一半给父母。"当山毫不犹豫地回答，"但是如果就这样给他们，就会马上暴露今天我们在这里做了什么。我不知道父母会做些什么，他们也有可能对你们提出诉讼。就算他们不那样做也会很麻烦。所以我要先将钱偷偷藏起来，等长大以后再给他们。"

"还有一半呢？"

"借超级电脑的使用权。因为我想做一个模拟实验。"

新泽吹着口哨，暗杠了六万。为了和其他鸣牌区别开，他将其中两张六万扣起来，另外两张正面朝上给对手看。新泽一边去拿岭上牌[1]，一边问优澄，"你呢？用在扩大教团上吗？"

"可能会捐献给联合国儿童基金会吧。"优澄停止哼歌这样回答。

①牌山尾端的最后一张牌。杠牌之后去摸的牌。

“我就知道你会这样说。”新泽百无聊赖地回复。

优澄打了七万。

“和了。”有人说道。

优澄给赤田点炮了，他正在等四七万。他摸到了里宝牌[1]，总计一万八千点。

“嗯？”优澄的疑惑不是没有道理。

赤田手里有一张六万。但是新泽手里有四张——多了一张。

“哎呀，不好。”新泽将暗杠牌翻过来。本来以为是四张六万，结果却是三张六万和一张五万。“我也上年纪啦。看错了。”

“这是诈和吧？”

“不是诈和。”赤田回答，“麻将的规则是和牌优先。同时发生诈和与和牌时，和牌那一方优先。”

“但是在你和牌前他就杠了。”

“这种情况要看是在什么时候发现了诈和。如果说是诈和，那就必须在他杠牌的时候就指出来。”

优澄用颤抖的手取出一万八千点放在桌上。

“不好意思啊。”新泽装着糊涂高声道。

排名发生了变化。赤田第一名，优澄下降至第四名。

---

①只有立直并成功和牌的人，才有资格翻开的牌。

之后就只要保持这个排名继续对局就行。新泽这个老江湖自不必说，当山也是凭实力打进决赛的，麻将要领自然烂熟于心。在南四局以前四人的排名都没有变化。优澄失去了之前的领先优势，只赢了三盘的赤田以微弱差距排名第一。

“你知道麻将的恐怖了吧？”新泽问优澄，“这和拉斯维加斯的赌场不同。就算有摄像机，也还能使用很多技巧。”

“卑鄙小人。”

“不打自招了吧——听好了，教祖大人。你要是真的能听到牌的声音，那就不会看不穿我的误杠。你确实能看到一些东西，但绝对不能看穿所有牌。要做到这一点，必须有前提条件。你自己证明了这一点。”

“……我不是在对你说话。”优澄的目光转向赤田。

气氛依然动荡不安。第二场比赛结束，当山陷入了困境。前一局他是第四名，这次第三名。新泽两场都是第二，保持着优势。除了当山以外，大家的差距都不大。

“这个世界以我所不知道的原理在运转。”

这是患有亚斯伯格症候群的少年当山真实的想法。他说话很慢，但相对的，他的 IQ 很高。当山慢慢地理解了。这个世界上好像有人心和感情这些事物。除了我以外，大家都像交换货币一样交换着这些东西，然后生存下去。

但是我不知道那种感情是什么，也不知道怎么和人交换。我只知道家人小心翼翼地照料着我，我非常明白这一点，但要怎样做……

那时，是麻将拯救了他。

通过麻将，家人逐渐把他当作普通人来看待。他在当地的大赛中多次夺冠，受到了媒体的关注，突然就变成了让家人引以为豪的孩子。人们理所当然的像交换货币一样交换着的某些事物——被称为心和感情的事物。对当山来说，代替这些的就是麻将。

“我不能输。”

在第三场比赛前，当山独自躲在厕所里，如此自语。

“如果在这里输了，就又要恢复原样了。不能输，不能输……”

新泽正准备进厕所，他在门口听到了当山的喃喃自语。他折返回去，在自动贩卖机买了瓶水。看到当山走出来，他若无其事地过去搭话。

“你应该不相信运气和流势这些东西吧？”

“新泽先生，您是想说那些东西都是存在的吗？”

“不，我和你一样。不能输给那些总是说着运气和流势的家伙……”新泽挠了挠头，“我总觉得你和我有点像……”

“哪里像？”

当山兴趣索然地回到桌旁。他的目标是第一名，最差也要第二名。那是能获得冠军的底线。要无视优澄打法中的谜团和新泽的唠叨。无论何时都要牢记最佳打法。只要这样做就能取得好成绩。

东一局。

当山一直嵌张[①]听牌。他能要的牌很少，这对他有点不利。但是他没能摸到别的牌，对手们也没有动作。最后他在第十圈立直。几圈以后他自摸和牌，赢了八千点。新泽扫了一眼他的牌，露出了不可置信的表情。

“嵌张还立直，和牌的概率应该很小吧？”

“那是在很早就立直的情况下。比如在第七圈就立直，那以十三圈为分界线，自己和牌的概率和对手和牌的概率会颠倒。但如果是在第十圈抢先立直，直到流局为止这一优势都不会翻转。”

“哦。”新泽露出钦佩的表情，推倒了牌山。

下一局。

这次新泽在第十圈打了三筒后立直。很快就传来低沉嘶哑的嗓音：“自摸。”他的手牌是“四五六七九”这样的嵌张，然后他自摸和牌。

“怎么样？”新泽得意地说，“我模仿了一下。”

---

①指麻将中，需要顺子最中间那张牌。如“一三”时嵌张为“二”。

“打了九筒不就是和三张吗？”

“但是你要这个九筒吧。”

正如新泽所言。

当山沉默地推倒手牌。接下来也是新泽和当山的互相竞争。一人和了大牌以后，下一场另一个人也会和牌。赤田坚持着保守的打法，以微弱差距排在第三位。第四名是优澄。她没有用奇妙的打法，只是静静地凝视着比赛。

赢到的钱越来越多以后，新泽的表情变得鲜活，与之前判若两人。关于这件事，几年后，赤田这样说道：“那是典型的毒瘾患者的脸。”他这样分析新泽：“赌金越多，他越激动，越能集中注意力。正因如此，才产生了那样的赌局。”

南四局。

新泽以微弱优势名列第一，当山紧随其后。当山可能是想乘胜追击，第六局时这两人都立直了。两人都在等着六九索。那之后，两人都在等待自摸和牌。

“你果然和我很像啊。”新泽摸着牌对当山说道。接下来他转向赤田：“赤田医生您肯定知道顺行性遗忘症这种病吧。”

“电影里有时也会出现。”赤田答道，“得病的人能记得以前的事，但是会忘记新的事物。虽然每个人情况都不同，但是有些患者为了应对，会将每天发生的事写下来。”

“嗯，是这样。”新泽说着在三人面前拨开头发。

在他的头皮上隐藏着十五针的缝合印记。

“我以前打麻将的风格很传统。也就是说，我靠流势和运气这些东西打麻将。要说为什么，因为这样很好玩。我刚刚吹牛说了代打的事，其实我就是个默默无闻的三流麻将手。成为职业选手后，也都是在C级联赛和B级联赛之间徘徊。”

“但是。”新泽继续道，“某天我去施工现场的时候……我忘了戴安全帽，刚好有块混凝土掉了下来砸到了我。虽然很快就治好了伤，但我却记不住新近发生的事了。”

新泽从怀里取出笔记本，打开给大家看，上面密密麻麻地记录着每天发生的事：X号，XX打来电话；X号，和XX喝酒，聊了XXX……

还记得过去的事情，但不记得前一天发生的事。他的症状好像是这样。

“正是如此。”新泽合上笔记本。“我其实连前一天麻将打得怎样都不记得。如果看钱包时里面有钱，那就是赢了。要是里面是空的，我就知道我输了。我每天都过着这样的生活，所以——”

此时新泽加重了语气：

“对我来说，没有流势这种东西。无论什么时候，我都只有眼前这个瞬间。但是。这就是麻将好玩的地方。这之后，我越来越强。”

“为什么？”当山翻开牌，问道。

“麻将这个游戏，只要知道现在当下瞬间就可以出牌。我们打下的牌都按顺序排列，能看到的信息和看不到的信息都很清楚。就算更极端一点，忘掉了现在是第几圈也能出牌。当然，首先要准确地计算张数和概率。”

“……”

“嗯，就是这样。”新泽继续说，并不是对着某个特定的人，“不管有没有流势，不管能不能预测，我都无法使用这个工具。对我而言，只有眼前这个瞬间，只有现在。将当下发挥到极致的麻将——这就是新泽驱的麻将。但是，像这样不断积累之后，我就成了顶尖选手。”

对于新泽突如其来的自白大家都很困惑。只有当山怀着奇妙的心情在侧耳倾听，他不知道新泽对自己有什么期待，但是他能强烈感受到这个正在迈入老年的男人，迫切地想要给自己传达什么。传达？

当山抬起头。

——这个世界上好像有人心和感情这些事物。

——除了我以外，大家都像交换货币一样交换着这些东西，然后生存下去。

——被称为心和感情的东西。

“就是这样啊。”新泽虽不一定明白对手的心境，还是继续道，“不管有没有流势，我都不会输给说那种话的人。”

说着新泽打出一张还没人出过的牌。“可怕啊。”赤田嘟囔。

“有什么可怕的！”新泽大声地继续说道，“活着是怎么一回事？是记忆的累积，对吧？从这一点上说，我已经是死人了。死人难道还会害怕什么吗？我已经死了，所以我无所畏惧，我很强大。”

这时，有人插入了新泽和当山的对战中。

在第十二圈时，优澄打了三索后立直。那之后她马上和了新泽打出的八索。索子以“四五六七九”的形式排列，和第二局的新泽一样。九索是那两人需要的牌。她没有打出九索，而是故意用不好的牌立直。新泽吹了吹口哨。

“怎么？不做可以和三张的牌而做出嵌张！表面上装模作样，实际上还是在听我们说话嘛……但是，你知道打九索会点炮吗？”

“我不知道。”优澄马上回答，“但是我听到了在这里打九索的意义。结果就是现在这样。”

新泽摇了摇头，假装自己什么都没问过。

因为优澄的和牌，新泽掉到第二名，而当山成为第一，优澄升到第三名，赤田第四名。新泽作为代表，在白板上记下了每个人的总点数。这本来应该是联盟工作人员负责的事，但现在场中只有新泽一个职业选手了，所以只能由他代劳。

真田优澄 1名、4名、3名 +9.4

当山 牧 4名、3名、1名 △12.6

赤田大介 3名、1名、4名 △13.4

新泽 驱 2名、2名、2名 +16.6

在最后一局之前，四人都可能获得冠军，这显而易见，新泽叹了一口气。优澄和新泽在最后一局就算只拿第二名也有可能夺冠，不过这还是取决于点数和名次。窗帘对面，可以看到斜斜照射进来的夕阳。

“稍微休息下吧。”新泽提议，“我肚子也有点饿了。”

4

“听了新泽先生的话真是太好了。”说这话的人是现在给“都·萨”做志愿者的赤田。白风位战以后，赤田进入了优澄的教团，使用他的专业知识做心理咨询，除此以外还在担任出纳。

“优澄现在出去了，麻烦您再等一会儿。”

“不——没关系。”

“当时，我非常熟悉‘都·萨’的教义。说出来有点丢脸，我每天都会看它们的网站。优澄真的不需要金钱。

她认为那些索取金钱的宗教是错误的，所以只接受最低限度的食物。”

赤田说的是真的。根据我的调查，优澄基本上只收取生活所需的最低限度的物资。在办公室里也只有几名优澄的支持者常驻，其余的信徒都是在家修行。

但关于“都·萨”的教义，有一些地方却不甚明晰，这有些可疑。

据信徒们所说，优澄在灵力觉醒前看到了巨大光芒从天而降，那之后她就开始遵循宇宙的意志，开始进行萨满活动。还有信徒宣称因为加入教团，癌症都痊愈了，类似的传言不胜枚举。这让我感到非常失望，因为这些都让人觉得非常公式化。

一位自称是志愿者的女性给我们端来两杯绿茶。

赤田向她道谢，然后指示了两三件工作上的事情。

“在第一局，优澄的打法让人觉得非常不可思议。我搞不清楚事情的真相，新泽先生也是一样。因为比赛时间很短，我们如果不采取行动就会陷入僵局。在第一局之后的那段休息时间，我和他商量了一下。”

怎样才能打破这个局面。

“如果搞不清楚真相，那就不用去搞清楚。只要能抑制对方的能力就行。这就是我们的结论。我们考虑过，如果能让监场人和观众都离场——”

拿出一大笔钱，让优澄进行赌博麻将。

这是赤田提出的计划。

“优澄只能进行无偿的行为。通过麻将这一仪式来治愈世界的不和谐……虽然听起来很可笑，但是她对‘都市的萨满’引以为傲，这也是她发自真心的行动。但是，如果在这时赌上很多钱。”

“……您是想说，这样的话优澄就无法发挥出自己的能力了？”

“新泽先生拿出的七百万是我去银行取的。职业麻将选手不是可以谋生的职业。他很难马上准备好那么多钱。总之，我们的包围网就这样形成了。”

“但是。”赤田继续道。

“在第三场比赛时，她解脱了出来。即使赢了，只要将赢的钱直接还回去就好。她这样下定了决心。那是第三场的最后一局。我们也马上察觉了这一点。”

在中途休息时，赤田和新泽又一次进行了讨论。

只能下定决心，与认真的优澄对决。这就是两人的结论。

“奇怪的是新泽先生之后的行动，他不愧是身经百战……但我们的结局晦暗不明。真田优澄这个人会做什么呢？她打麻将的目的是什么？她和我们完全在不同的舞台上战斗。……啊，不好意思。”

话说到一半，有人来找赤田，他暂时离开了。

“都·萨”教会狭小的会客室里只剩我一个人，我抬头看天。午后的阳光从百叶窗的缝隙间穿过。蝉早早地开始了鸣叫。侧耳倾听着蝉鸣，我开始思考起优澄的过往。

“都市的萨满”到底是什么意思？

优澄在离开赤田以后，用很低的租金租到了东京郊外一所已经荒废的独栋房子。她试着做了一些日结工资的工作，但是都没能顺利做下去，只能拿着低保维生。后来，那栋房子改造成了现在“都·萨”的工作室。

精神分裂症患者领悟了灵力后成为社会共同体中的萨满，这件事本身随处可见，世界各地的原始宗教就是这样。

“萨满”有各种各样的含义，最基本的作用是“巫医”。比如某人因生病而失去魂魄，萨满就会去灵界找回患者的魂魄。为了进行这场旅途，要敲太鼓、跳舞、使用迷幻植物，等等。

这是一种精神病吗？实际上很难说是与不是。在“新时代[①]”这个词流行之际，也有人认为只有精神异常的萨满才是正常的，而生活在现实中的大众都是疯子。决定精神是否正常的是社会，而精神科医生只能判断患者是否能够适应社会。

①此处指新时代运动。是一种去中心化的宗教及灵性的社会现象，起源于1970年至1980年西方的社会与宗教运动及灵性运动。

——都市。

在这个所有基础设施都十分完善的地方，什么是正常？什么是不正常？如果存在“都市的萨满”，那他们属于哪一边？

我突然想起了北美原住民的“骨头游戏”。

六个人分成两组来玩游戏，将带有印记的骨头藏在左手或右手里。另一组选出“观者”，来猜出骨头在哪只手里。藏骨头的那一方则进行阻拦。如果猜中了就要给对方点棒。由此培养出他们作为观者和萨满的能力。

两者很相似。

麻将的原型是中国的“骨牌”。在明治维新之际传到日本，那时已经和现在的麻将非常接近了。在日本也有很多用牛骨做成的麻将牌。毫无疑问，麻将是“骨头的游戏”。

我想起了赤田的话。

——她和我们在完全不同的舞台上战斗。

地面被混凝土和柏油覆盖。

隐约可以看到远处新宿的建筑群。没有大自然的七夕，只有天空和乌鸦。看到这样的风景，我越发觉得不可能存在“都市的萨满”。但在这种情况下，优澄找到了从麻将通往异世界的途径。

在白凤位战时，优澄使用了异样的打法。

或许对她而言，比赛的目的不是胜利。她主要的目的是“看”，胜利只是结果，赤田之前是想表达这些吗？……

赌上了几千万的牌局，完全作废了。

“我刚刚虽然那样说，”在第四场比赛前，新泽开口说，“要不然还是别赌了吧。在和你们打牌的时候，我渐渐产生了这样一种感觉——”

本来赌钱就是新泽提议的，所以没人产生异议。

“只有自尊能拿来赌。赌钱果然还是不行。”

虽说装糊涂也要有限度，但这话一半是出于他的真心，另一半是对钱感到可惜。既然优澄下定了决心摆脱了他们的圈套，他们也无法改变眼前的不利局面，那么继续赌钱就没有任何好处了。

就这样第四场比赛开始了。

这桌庄家的顺序是赤田、当山、优澄、新泽。优澄在第一圈时就停手陷入思考。

“又在听牌的声音了？”新泽嘲弄道。

她没有回答，打出的第一张牌是北风。非常稳妥地出牌。但是在第三圈、新泽打北风时，她说“碰”。她一直在用轻快的节奏哼着歌。与之相反，场上的空气突然变得凝重。

明明有三张北风，她特意打出一张，之后又收回一张，这是为什么？

——又有某些事即将发生。

几圈后，她又碰了赤田打出来的南风。大家都想到了一个番种——收集了东西南北所有风牌的役满。小四喜[①]。

优澄吃了当山打出的四筒，自己又打出四筒。新泽突然自语道："……这已经不是麻将了。"

就在这时，刚打出四筒的当山，对着优澄的四筒条件反射般叫出"碰"，这基本上是他无意识的行为。虽然叫出来了，但当山好一会儿都无法动弹。

"我在做什么……"

当山嘴里吐出这句话，他的脸上急得冒出汗。潜藏于当山内心深处的疯狂好像与这个场面产生了共鸣。谁也没有责备当山。既然已经鸣牌了，那就无法挽回。当山慢慢地拿过四筒。

然后是下一圈。

当山摸到了西风。

"不会吧。"他再一次呢喃，"不会吧……"

但是，他在心底已经了解了。不，新泽和赤田两人也都懂了。

不知道优澄是用怎样的原理"看到"了麻将牌。她

①收集东南西北之中的其中三种牌各三张（或者杠），剩下一种收集两张。

可能用了什么戏法，也可能有超自然的力量，但无论是什么，现在都不是重点。事实就是，优澄能看见某些东西。

然而现在——当山夺走了优澄要和的牌。

因为这种莫名的感觉，当山的身体开始颤动。从出生以来他第一次这样颤动。当山留住了西风，打出了别的独张牌。颤动没有停止。优澄好像看穿了什么，用只有当山能听到的声音小声说："是的，那很恐怖。"

又过了两圈。现在已经没有赌了上千万的牌局。麻将头衔战的奖金少得可怜。但在这里，有一个男人的斗志却前所未有的高昂。

那就是新泽驱。

他自己也无法理解这种感情。他想起了很久以前曾经经历过的激烈对局。为什么会这样？答案很明显。就是因为真田优澄。优澄这个他过去从未遇见的强敌，使他的灵魂颤动，产生了共鸣。

新泽摸到的是东。优澄想做小四喜，这个牌非常危险。

——不，可以这样。

新泽已经看穿了优澄打牌时的习惯。碰南的时候，她是拿出的左边第四张和第五张。她已经有三张东了。新泽毫不犹豫地打出了东风。

那一瞬间，莫名的恐惧贯穿了新泽的身体。

“碰。”

声音再次响起。

优澄从手牌里拿出两张东，和新泽的东组合在一起。然后——

“没有人鸣这张牌吧。”

她打了一张东。

现在优澄手里只剩一张牌了。在竞技麻将里很少出现这种情况：单钓将。

“她要和牌了。”三人都这样想着。

她鸣牌以后，摸牌顺序又发生了改变。恐怕下一圈或者下下圈她就能自摸了。当然这个推断并没有什么根据。但是新泽、赤田和当山都这样确信，不，这已经是将来的事实。

新泽摸到第四张一索，他开始分析。

为了阻止优澄和牌，必须让赤田或当山鸣牌。他们能够回应自己吗？——不，只能这样期待。当山迫不得已将七对子变成碰碰和。而赤田……就是在这时。新泽过去打过的数千场麻将局浮现在他的脑海，又互相重合，刹那间在新泽的脑内再现，然后消失。

闪回。

这些对局甚至包括了他本已忘记的去年和前年的比赛。这些画面只是出现了一瞬间。新泽不知道发生了什么。但是，至今为止的记忆和经验给他指明了答案。自己手中没有赤田可以鸣的牌。而且，赤田的手牌是……

新泽暗杠了一索。

“——这个杠是真的哟。”

说着他将四张一索摊开，伸手去拿岭上牌。那张牌绝对是安全牌。因为如果这是优澄和牌需要的牌，她肯定不会碰而是直接杠牌，然后再用岭上牌和牌。因此，这不是她和牌所需要的牌。更甚者，这可能是另外两人可以鸣的牌。

看着摸到的五万，新泽咂舌。没人可以鸣这张牌。只有新泽可以吃。为了阻止他吃牌，优澄选择了碰而不是杠。

新泽将五万横着放在面前，宣告立直，视线转向赤田。

赤田点点头，向着牌山伸手。

一开始被优澄碰了南风以后，赤田就不在乎胜负了，他手上的牌现在非常零散。正因如此，他才不能鸣新泽的牌。但是新泽传来了信息。为了阻止小四喜，只能让别人鸣牌或者和牌。

新泽需要什么牌……

在这时赤田才开始痛恨起自己的平庸。他坚持不懈地防守，目标是获得分数差距很小的第一名。他既不会分析别人需要的牌，也不能在瞬间进行计算。

——不，等一下。

为什么新泽在有可能给役满点炮的情况下还立直了？有一种可能是他和牌所需要的牌就是西风。但这不可能。优澄接下来会摸到一张西风。现在她手里有一张，自己有一张，当山夺走了一张。加上牌山里那张。

新泽不是在等西风。

但如果赤田让当山鸣牌，那新泽就会摸到优澄需要的西风。新泽只能打出西风，结果还是优澄和牌。这样就只能分析新泽需要的牌，故意给他点炮，除此以外没有别的选择。但他需要什么牌……不。

说起来，新泽为什么要立直？

他应该非常清楚赤田分析不了他要的牌。那他为什么冒着给小四喜点炮的风险立直？这样做还有其他用意吗……

——这个杠是真的哟。

他花了几分钟思考。终于，赤田得出了结论。

“糟了。”赤田不由得低声抱怨。

这个选择是一场不折不扣的豪赌。但是，正因为他不擅长分析才能做到。这是凡人才能进行的博弈。不是别的，是只有赤田才能打出的牌。

“让我做出这样的选择……优澄，你真的很厉害。”

接下来——

赤田打了西风。

“和牌。”

两人的声音重叠，当山和优澄都倒下了手牌。这种情况下按照座位的优先顺序算分，因此只算当山和牌。他是单吊西风的碰碰胡，两千六百点。优澄的役满告吹。

“做得好。”

说着新泽倒下手牌，他手里还有三个没完成的塔子[1]。未听牌立直。新泽的手牌十分零散。“这个杠是真的”并不是指之前的误杠，而是在暗示立直是假的。

赤田不会分析别人需要的牌，但是谁都知道他有一张绝对不能出的牌。打出西风就是这局唯一的突破口。新泽对赤田步步紧逼，为了促使他做出这唯一的选择而立直。

四人的目光都自然而然地转向优澄会摸到的下一张牌，新泽和赤田的眼神交汇。

“我知道。”赤田苦笑，“翻过来看我就输了。”

——于是。

谁也没有翻看优澄即将摸到的牌，大家就这样推倒了牌山。

看到牌谱后，就能很清楚地知道这局的异样。

---

①在日本麻将中，指还差一张牌就能形成面子的牌型。

优澄一开始的牌里，有三张北风，两张东风，一张西风，两张南风。然后她打了一张北风，又在碰了北风后摸到了一张东风。然后她碰了南风。接下来，她手上有“三四五”筒，却吃了别人的四筒，再打出自己的四筒——下一圈，她本应该自摸西风和牌，但是当山在打了四筒后又马上碰了四筒，提前阻止了优澄自摸。

但是这并不是结局。

她碰了新泽打出的东风，又打出一张东风。虽然她没有摸到新的牌，但做出了单钓将。普通情况下——一百个人中，有一百人都不会碰东风。想要鸣牌就鸣牌，想要役满可以杠了以后摸岭上牌。

正因如此，新泽才知道了岭上牌是安全牌。而且赤田或当山可能会鸣那张牌。但他这一企图落空。剩下的就只有赤田打出西风让当山和牌这一个可能性。但是考虑到赤田的打牌风格，他不可能打出西风。

既然如此，就只能告诉他了。新泽想了歪招——未听牌立直。对职业选手来说，这是不应该做的选择。但是，这个做法总算让赤田知道了答案。

当山吃牌或者碰牌，优澄的西风就会轮到新泽，他立直后就只能打出西风。尽管如此他还是立直了，这是为什么？那是因为当山在等待西风。因此这对新泽来说没有风险。这就是新泽想要告诉赤田的事。

赤田理解了这条信息。

不过从常识上说，打出西风太过危险。新泽的分析也有可能出错。而且当山在失误时，曾经放弃过可以和的牌。这次他碰了自己刚打出的四筒，不论结果怎样，对当山来说这就是失误。要不然就这样放弃比赛算了，反正也不知道优澄能不能摸到西风。

所以，赤田当时的出牌是一场博弈。

优澄的故意鸣牌，当山的碰，新泽的未听立直，加上赤田的豪赌。这些都是不可能发生的事。可能在世界所有的牌桌上、所有的局面下，都不会出现这些麻将打法。这是人间彼岸的麻将。我开始明白联盟为什么会将这份牌谱销毁，因为这是一份不能存在的牌谱。

第四场的东一局。

这时四人的疯狂终于开始交织重合。

那之后所有对局都延续了这种状况。据牌谱记载，几乎所有的对局都是流局。而且每个人都鸣了二三张牌。乍一看好像过去的网上麻将。优澄有所动作后，另外的人也会行动。就这样互相厮杀，谁也无法和牌。东场和南场就这样过去。分数几乎没有差距，比赛迎来了最后的南四局。

终局非常简单。

大家都注视着优澄的一举一动。但是她本人毫不在意，还是一副天真烂漫的样子，一直哼着歌。第六圈，第七圈，谁也没有鸣牌。

周遭的空气与他们每次的出牌，都变得像铅块一样沉重。

这时，赤田摸到一张牌后不动了。他像之前一样用左手盖住手牌，思考了一分多钟。

“怎么了……”

新泽急不可耐地抱怨着，赤田终于下定决心，他打出三索然后立直。当山则在赌危险牌。分数没有太大差距的最后一局，大家都只能争取和牌。

“怎么了，两个人都听牌了……”

新泽好像要抢走优澄的拿手好戏一般，插嘴道：“晚霞，小晚霞[①]……”

从外面传来了晚霞广播[②] 的声音。

这时，新泽和当山都没有察觉到优澄的异变。优澄一直握着牌，额头上冒出冷汗。她思考良久，打出了二索。

“和了。”

---

①日本童谣《晚霞》。

②日本某些地区在傍晚会播放晚霞广播，以《晚霞》为背景音乐，劝告在外玩耍的小孩子回家。

赤田的声音响起。立直、一发[1]、一枚宝牌。五千二百点。

如果第九届白凤位存在，那就应该传到了赤田大介手上。

5

赤田带着优澄来了会客室，我不禁目瞪口呆。优澄戴着墨镜，赤田用手扶着她，她摸索着在椅子上坐下。

“在那场对局结束后，她的视力开始变差。”赤田这样说明，“现在她虽然几乎全盲，但是有工作人员在，不会非常不方便。”

接下来，赤田向我讲述了“都 · 萨”成立之前发生的事。

优澄在离开赤田以后，就住在这边的废屋里。她虽然有低保，但是只靠那些还不够维持生活。优澄因为没有食物而苦恼。在那时，房子里甚至住进了乌鸦。

一开始她把乌鸦赶了出去，但这样剩下的乌鸦会报复她。它们把优澄精心培育的花儿折断，还故意放在围墙上向她挑衅。

“我很惊讶。虽然大家都知道乌鸦很聪明——但是把

①立直以后下一回合就和牌。在这期间若有人鸣牌就会无效。

花折断放在围墙上，这是一种象征性行为。乌鸦居然明白象征性。”

比起生气，优澄更多地感受到了自己对乌鸦的钦佩。

某天，她为了做个试探，将吃剩下的培根给了院子里的乌鸦。然后她试着与乌鸦进行了交流和对话，第二天在家里的玄关处被放上了看起来像从别处偷来的一小袋米。她又喂了培根给乌鸦，乌鸦又给了回礼。就这样她每天能得到各种各样的盒装酒、高级餐厅的剩饭之类的贡品。

渐渐地，她不再为食物发愁。

“优澄和乌鸦之间，出现了原始的以物易物的社会。”

我真不知道这些话有多少可信。

但是我能感到赤田坚信着这件事。

“优澄开始和乌鸦们说话。一开始是一些无聊的话题。后来有几十只乌鸦跑来听优澄说话。话题渐渐涉及哲学领域。对了——比如：关于活着，关于死亡，以及爱……”

谣言越传越广，连来抗议的邻居都开始听优澄说话。

“她不收取金钱，受到了好评。在这期间有人开始叫她‘都市的萨满’，‘都·萨’就是这个称呼的缩写。”

“……”

“是在说白凤位战的事吧？”

“他想问那时的事。”赤田对优澄耳语。

不知道优澄是否明白，她只是大幅度地点着头。单是看着他们，我就知道这二人并不是恋人，也不是家人。但能看出赤田照顾着优澄，而优澄好像也十分信赖他。

“我们定过赌约。”赤田继续，“是的。我们约定如果我赢了，优澄就要继续接受治疗。但是这个赌约作废了。我也说不清楚……但是我通过那场比赛，爱上了优澄的麻将。我甚至觉得如果这是她选择的人生之路，那这样就很好。”

“不。”赤田摇摇头，“或者说，是她消除了我没有意义的执念。”

“那个，优澄的麻将……”

我将话题转移回来。归根结底，她那强劲的实力是怎么回事？

还有，为什么她最后输给了赤田？

“——她在麻将上完全是外行。”

赤田干脆利落地说出了我完全意想不到的话语。

“当然，基本的番种和点数计算还是知道的——对吧？”

优澄点头。

“等一下。”我说道。我是为了查明真相才过来采访的，但我现在更搞不懂了。赤田好像察觉到了我内心的想法。

“固有频率。”他说，“您知道这个词吗？”

“确实……好像所有的物质都有固有频率。不管是什么物质，都会反射某种特定频率，产生共鸣。”说着，我突然意识到了某件事，“莫非……”

——这是北美印第安人中流传的祝福之歌。
——萨满能通过歌舞看到那边的世界哦。

“麻将和扑克不同，是雕刻而成的。因此，三十四种牌的固有频率都不同。虽然只有微弱的差别，但与歌曲的和声产生共鸣、摇晃、颤动。她并不是故意做这些，只是出于自己本能，感受并理解了。反其道而行之，她就看不到了。比如，在新泽先生误杠的时候。”

——新泽吹了口哨以后，暗杠了六万。
——“可能会捐献给联合国儿童基金会吧。”优澄停止哼歌这样回答。

“那时她停止了哼歌。不过我也不能确信这一点，只是觉得有这种可能性。因此我便赌了一把。”

——赤田思考了一分多钟。
——从外面传来了晚霞广播的声音。

“你是在等待广播响起，扰乱优澄的感觉？”

“是的。”

“但是——等等。就算会响起广播，但是播放之前你的手牌已经被她看透了吧？”

“我习惯将手牌全部遮起来。”

——有时甚至会用整只左手将牌盖住。

——他像之前一样用左手盖住手牌。

“尽管如此，你也不能保证她会打出你要的牌。”

“她在麻将上完全是外行。”赤田重复了一遍，“她不仅不会计算牌的效率，更不会分析打出的牌。因此她会马上做自己记得的事。比如，有一局是摸了九索以后等待嵌张。”

——表面上装模作样，实际上还是在听我们说话嘛！

——我听到了在这里打九索的意义。

“那只是因为她听了当山说的话，然后照着做了。听到了打九索的意义这句话，是为了迷惑对手的障眼法。”

“……”

“而且，当山也说过同样的话，在第一场最开始的那句话，还记得吗？他是这样说的，统计学上看，对手打了三以后立直，这时打二比平时更安全……”

——赤田终于下定决心，打出三索然后立直。

——她思考良久，打出了二索。

“对麻将不了解的优澄因为这句话打了二索。”

我什么都说不出来了。知道了真相以后，好像完全不觉得有什么出奇的地方。但是另一方面，我本来搞不清楚的一些问题，好像被一些更难弄懂的事情替代了。搞不懂——这就是我真实的想法。

“但是，归根结底——”赤田继续道，“对优澄来说，比赛的结果无关紧要。她的目的是通过游戏看到某些东西。胜利只不过是附带的结果。但是，她想要看到什么？而且她为什么要看？”

“嗯，我就是想问这个。”

“答案很明显。因为她是‘都市的萨满’——是一名巫医。萨满的一个目的就是治疗行为。她想要通过麻将这一游戏，来治愈我们每个人。是的，她在异世界找到我们的灵魂，并且治愈了。比如，新泽先生，他在保持着麻将实力的同时，很好地克服了顺行性遗忘症。”

——想要的牌提前被别人打了，这并不是什么好事。

——那之后，她和了我打出去的四万。我觉得被她算计了。

——差不多过了十年。

“我也不知道其中的原理，因为只有优澄明白。可能是很久没进行过的高额赌博让他的大脑复苏了。”

——赢到的钱越来越多以后，新泽的表情变得鲜活，与之前判若两人。

当山变回了普通的少年。在优澄眼里，天才也是一种病。

——但是我想要学习应用科学。因为觉得这样更有人性。

——概率与统计之神离开了少年当山的头脑。

“然后就是我了。”

——她消除了我没有意义的执念。

“当然，您不信也没关系。突然听到这些，想必也很难有人会相信。但是……”

这时，优澄打断了赤田的话，平静地继续道：“我们看到的现实，的确就是那样。”

谈话已经超过了约定时间。

赤田握住优澄的手腕。优澄站起来向我鞠了一躬，以一种不稳的步伐消失在办公室远处。不知不觉间，太阳已经快要落山，外面传来了乌鸦“呀——呀——”的叫声。

飞象王子

First Flying Elephant

恰图兰卡[①]——古印度棋盘游戏之一。据传将棋与国际象棋的前身。关于其发祥年代众说纷纭，可追溯到公元600年至较早的公元前。有人认为恰图兰卡是一位高僧为使好战的君王停止发动战争而献上的游戏。

他与他父亲很相似，也时常陷入沉思。

关于他少年与青年时期的史料比他父亲的还要少。他们相信人可以轮回转世，这种漫长的时间观念塑造了许多神话，可他们并没什么兴趣去记录历史。直到5世纪以后，才出现了一些有点可信度的历史。

抛开正史，我们可以想象那里的过去与未来一定充满

①棋盘为正方形，8×8的方格。

了神话色彩。大地上的一切都是不确定的，却也是丰富多彩的。我接下来要说的就是，在那样的时代和土地上——在喜马拉雅山麓的怀抱中生活的最后一位王子的故事。

迦毗罗卫国[①] 是印度边境的某个附属国。王子的父亲在那一代修建了三时殿，以度过冬夏和雨季。在曾经的三时殿里，美人歌舞和华丽唱曲从未间断。然而这位父亲离国已久，由于石材不足修缮不利，这座宫殿早已被人拆除，变成了城墙的一部分。

在这个即将灭亡的山麓小国里——王子就像个人质般被留了下来。

他和父亲一样身体孱弱，不擅长骑马射箭这类武艺。

他对夜空的星象和数学，还有各个国家的知识比较感兴趣。其中数字尤其令他着迷。三岁的时候，他就能“一、二、三……”地写一连串的数字，后来，他一有空就会在黏土板上[②] 刻下加法和减法之类的运算。

贵族们私下议论，说王子在某些地方真是和父亲一模一样。目光总是看向另一个世界，脑子似乎也很聪明。但

①梵文 Kapilavastu 的音译，印度次大陆佛陀时代（公元前 6—前 4 世纪）国家，释迦牟尼佛的故国。在佛陀生活的时代，迦毗罗卫国实际上是居萨罗国的属地。在居萨罗国的毗琉璃王执政之后，为报旧怨，对迦毗罗卫城采取了屠灭式剿杀，释迦族人从此流落四方，迦毗罗卫城也被掩埋在泥土之下。

②这里指的是泥板书（tablet writing），古代西亚地区一种文字记录，起始于公元前 3000 年前后。因书写在黏土板上，故得此名。

有些地方又和父亲不一样……

比如在这个方面。

他身为王子，年仅十岁就得参加军事讨论。模仿步兵和象兵制成的棋子整齐地排列在桌上。他出神地看着这些棋子，心不在焉地听着高官们的谈话。

——照这样下去，迟早会被居萨罗灭掉的。

——可我们已经没多少兵力了，难道还要增加军队吗?

——不，居萨罗[①] 可以信任。一直以来我们两国不都是共存共荣的吗?

——如今世道变了，为什么你们还不明白啊?

讨论毫无进展，在此期间他始终一动不动地看着棋子。

步兵只能前进一格……而象兵可以斜着走两格，两军轮流走棋……这样，王可能就会被步兵围困。王若想逃跑，就只能移动到旁边的一格，但走到那里就会被对方的象兵吃掉，所以……

“王子! ”大臣大声喊道，他终于回过神来。

“您在发什么呆啊? ”

“啊，对不起，没什么。”

“您要有身为王子的自觉，”大臣仍旧不依不饶，“首

①梵文音译，为印度列国时代的十六强国之一，存续期为公元前6—前4世纪，疆域包括现在的印度北方邦和尼泊尔部分地区。

图驮那王[1] 年事已高，希望今后您能明白我国的处境——”

一时间，梦醒了。

他没有回答，只是一直盯着桌子。说到底，棋子不过就是个棋子，眼前的事才是国家当下面临的最大威胁。

略微思考之后，他终于开口了。

“他们还不会攻进来吧。”

“请说说您的理由。”

其中一位高官说道，却是话中带刺。他并未理睬，只说：“我们迦毗罗卫是个不值一提的小国，如果居萨罗的象兵打过来，根本撑不了多久。但现在居萨罗和摩揭陀两个大国仍是敌对状态，而我们夹在二者中间。”

“不错，这就是问题所在。”

“所以，站在居萨罗的角度来说，他们如今与摩揭陀冲突不断，没有理由在这时候来攻打位于北方的我国。所以我们可以这么做，我记得摩揭陀新出生了一位王子，叫什么名字来着？”

“您是说阿阇世[2] 王子吧。”

“派遣使团给摩揭陀送礼庆贺吧。”

①古印度迦毗罗卫国的国王，即佛祖的父亲，王子的祖父。姓乔达摩，名字叫首图驮那，意思是纯净的稻米，所以称为净饭王，属于释迦族。

②阿阇世（Ajatashatru），摩揭陀王国国王频婆娑罗之子。频婆娑罗统治时期，摩揭陀王国迅速崛起。公元前 492 年，阿阇世杀死频婆娑罗，成为摩揭陀王国国王。

“请等一下。”

所有人都没看透他的用意。如今迦毗罗卫是居萨罗的附属国，受居萨罗的庇护。这种时候不能公开与摩揭陀缔结友好关系。

“对于居萨罗而言这可是最好的侵略借口！”

“使团要到摩揭陀须得经过居萨罗的领地！”

他并未理睬越发困惑的众人，只若无其事地继续说道：“使团当然会被抓住。但没关系，他们只是带了一些贺礼，又没带什么机密文书。不过这会对居萨罗造成牵制，因为现在居萨罗最怕的就是我们会与摩揭陀结盟，从北边和东边同时进攻他们。”

众人听后纷纷赞叹。

他们一直小瞧了这位身体孱弱、又爱沉思的王子。原本让他参与军事讨论，不过是走个过场，可他所说的竟非常合乎兵法。利用两个大国的对立，与双方均保持若即若离的状态，在夹缝中谋求生存之道。这个年仅十岁的少年早就明白了这个道理。

“……那使团怎么办？”

“怎么办？”

“我的意思是，使团的人可能会被杀掉。”

“让奴隶去就好了。”

说完这些，他再次回到了自己的想象世界，回到了那个由步兵、马、象、王所构成的战场，不属于这个世界的战场。

身子弱，又不善骑马射箭，听说以前还被父亲抛弃过。自己现在虽然是位王子，可这个国家迟早会灭亡的，到了那时，自己该如何是好？要扮成奴隶，还是被人杀掉？

可是……他又想，在这个棋盘上大家都是平等的，这里没有僧人、贵族、商人和奴隶，不会因出身而受到区别对待。棋盘上只靠一样东西，那就是下棋人的智力。

没错，就是智力……

他思考着棋盘上的事，眼神晦暗，令周围的人毛骨悚然。

——他也会抛弃这个国家吧。

——但两人又有着决定性的不同。

——如果说他父亲在这个世界的另一边看见了光明，那他看见的就是黑暗。

——他是个聪明的孩子，可不知怎么，总觉得他有些悲哀……

人们毫不掩饰地在城里议论着。而很大一部分原因在于他的名字，不管走到哪儿，名字的问题始终缠绕着他。他不喜欢别人叫自己的名字，因为这名字对于一个信仰太阳的部族而言太过沉重，甚至还有点讽刺。

他十岁了，却仍然处在阴影中。

他是释迦族最后的王子，也是释尊乔达摩·悉达多的亲生儿子。

象征日食与月食的“蚀（Rohu）”——乔达摩·罗睺罗[①]。

天生寡言少语，缺少真正的朋友。

却会破例对毗琉璃[②]敞开心扉。毗琉璃是邻国居萨罗的王子，因为释迦族的人很有学问，当时两国关系也没那么紧张，所以毗琉璃——后来的琉璃王，就像个留学生一样在释迦族王都迦毗罗卫度过了少年时期。

两人经常模仿大人狩猎，或在城内探险。

就是从这时候开始，罗睺罗才知道了一些少年玩的游戏。

罗睺罗虽然更年长一些，但他把毗琉璃当作兄长一般敬慕。两人相处的时间大概不到一年，毗琉璃就把整日憋在城中的罗睺罗带到了迦毗罗城的郊外，教他搞一些恶作剧。同样的身份，同样的孤独，自然而然就使得二人惺惺相惜。这段时光对罗睺罗而言，或许是最安稳幸福的。

罗睺罗曾将自己的盘上游戏告诉过毗琉璃。

---

①亦名“罗云”，意译“覆障”。释迦摩尼十大弟子之一。古印度迦毗罗卫国人。释迦摩尼之子。

②公元前6世纪（一说前5世纪）古印度居萨罗国国王，前任国王波斯匿王之子，据传是释迦族灭族之人。

听完大致的游戏规则后，毗琉璃问道："这是……你想出来的？"

"对啊。"

"挺厉害的啊。"

罗睺罗听后，双眼瞬间绽放出了光彩。

可毗琉璃又接着说："我的意思是，当作消遣还挺好的。"

"消遣？"

"大象是不会飞的"，毗琉璃冷漠地说，"还用我说吗？你这个游戏确实非常有趣，但对实战没用，大象怎么可能斜着飞两格。你也差不多该清醒了，我和你将来都是要当王的人。不……远远不止。"

罗睺罗有些失落。确实，大象不可能在空中飞翔，毗琉璃说的我都懂，但不对，不是这样的……

"你也知道迦毗罗卫的情况，罗睺罗，我不希望你做个亡国之君——要不要和我来居萨罗？听好了，这话我只对你说，将来我要做一统天下的君王，但仅凭我一人之力做不到，所以罗睺罗，这件事我想和你一起干。"

"我考虑考虑……"

从国家的层面上看，这称得上是种破格的邀请，罗睺罗也很清楚，他还知道这是毗琉璃特有的表达友情的方式。可自己留在这里是为了代替父亲，抛弃国家这种事是绝对不允许的。除此之外，他还感受到了一种连自己都说不清的悲伤。

——大家都会这么说吧。

军队里的高官，还有那个爱抱怨挑刺的大臣。母亲耶输陀罗，祖父首图驮那王估计也会这么说。想要得到他人的理解，才是不可能的。

——但是。

那个我能看到、其他人却看不到的东西，到底是什么呢？

我和他们，究竟有何不同？

我内心深处独有的那个想法是从哪里来的呢？

几缕白烟从河岸升起。

是得了天花死去的人。烧死尸的烟像狼烟一样飘起，随风飞舞，城内隐隐弥漫着一股臭味，人们都在叹息。

——被强国围困，还发生了瘟疫。

僧人们在祈祷，疾病却未见好转。僧侣、贵族、商人、奴隶都染上了病。

罗睺罗像是着了魔一般眺望着那些烟，突然感到身后有人，回头望去。是城中一位精通医术的僧人。

“人为什么会死呢？”他戏谑地问。僧人没有回答，只是拿出一个装有黑褐色粉末的钵，说想把这种粉末涂在王子的皮肤上。

“这是？”

“这些粉末是患者疮痂干燥之后得到的，涂上它，就能对病毒产生抵抗力。”

利用轻度感染，使人体获得免疫力，就是我们现在所说的种痘，不过南亚很久以前就有这种方法了。罗睺罗伸出手腕，医师开始给他涂粉末。

“可能会出现发热症状，到时我会给您配草药。”

“人为什么会死？”

罗睺罗又问了一遍。城中有僧人为驱散病魔而祈祷，也有僧人说疾病是由身体的火引起的，可这名僧人却说是病毒导致的。关键是，现在什么都不清楚。连死了会怎么样都不知道。

“……过去也有人问过和您一样的问题。”僧人折着布片，低声回答，“已经是四年前的事了，那个人也和殿下您一样眺望着焚烧尸体的烟，然后问了我一模一样的问题。”

“那个人是谁？”

“他将您留在这里，出家去了。正是您的父王。”

罗睺罗感到心中有什么东西在隐隐作痛。不知是对父亲的憎恨，还是对出家的向往。但罗睺罗藏起所有的表情，只说了句“是吗”。而僧人用探询的目光看着他。

从晚上到次日凌晨，罗睺罗都在发烧。僧人将郁金[1]溶于油，涂抹在罗睺罗的全身，告诉他明天病就会好的。说是有消炎驱邪的效果。

全身热得像在灼烧，罗睺罗却还思考着棋盘上的战斗——那个既没有出身也不分贵贱，只由智力支配的世界。

大象也可以飞的世界。

六年后，罗睺罗十六岁了。

他仍会偶尔和人说起少年时的那个想法，但大家的回答还是那一句“王子，大象不会飞”。——后来，他就将这件事尘封在了自己心里。可它却在内心深处发酵、成熟、不久后编织出了各种各样的定式和复杂的体系。

——若有一日，出现了一个能理解我的人。

我要和那位对手在这个游戏里尽情战斗。可这个希望非常渺茫。

如今他要守护自己的国家了。

罗睺罗的才能得到了认可，担任类似军队参谋的职务。现在大臣和军队的高官都很信任他，都对这位储君寄予了厚望。

虽然次数比以前少了，但他仍然会时不时露出阴暗

①一种中药，有活血止痛、清心凉血之效。

的表情与目光。如今这样做，反而会让周围人觉得他非常可靠。他们认为，王子这是幡然醒悟，开始考虑施政为民了，会露出那个表情也是因为他在为国忧心吧。

但人们私底下还悄悄议论着：

要是悉达多陛下在的话。

如果他也回来了，民众定会非常高兴、非常振奋的。

在罗睺罗看来，这话是非常让人生气的。

那个父亲，让我代替他留在这个国家，自己身为王子，却早早地出家了。

听说他也在这个世界的彼岸看见了些什么，之后就顿悟了，踏上了普度众生的旅途。

悉达多，觉悟者，佛陀[①]。

他的名声早已传到了祖国迦毗罗卫。

听说居萨罗国王波斯匿[②]与摩揭陀国王频婆娑罗[③]都皈依了佛陀，多么讽刺！明明自己的祖国迦毗罗卫都被这些国家逼得要灭亡了……

罗睺罗眺望着三时殿的遗址。

---

①佛陀，梵语 Buddha 的音译。小乘佛教一般用作对释迦牟尼的尊称；大乘佛教除指释迦牟尼外，还泛指一切觉行圆满者。

②是中印度居萨罗国国王，与摩竭陀国并列为佛陀时代的大强国。波斯匿王与佛陀同龄，曾和佛陀辩论而结成好友，视佛陀如师，在印度与频婆娑罗王同是护持佛教的两大国王。

③古印度摩揭陀国王，把在王舍城的竹林精舍捐助给释迦，作为传教场所。是最早皈依佛教的国王。后被其子阿阇世害死。

仅剩的石材都被取之殆尽、化作荒土，月光照耀着草地。曾经充满歌舞声乐的土地，现在却已无人问津。当想要独自思考时，罗睺罗就一定会来这里。

——那老头到底算什么？

——一个抛弃了国家、抛弃了我的人到底算什么？

普度众生的思想？怎么可能会有这种东西。能够拯救人民的是智谋！虽困在堡垒中，身陷泥泞里，却仍殚精竭虑地理政治国，除此之外，还有什么方法能拯救人民？

迦毗罗卫和居萨罗的关系日益冷淡。

起因是饥荒。

当时，北印度遭逢饥荒和干旱，人们就开始争夺粮食和水源。到了现在，国境一带还是会时常发生一些小冲突。不对，应该说是单方面的威吓与践踏。因为对方是大国，而我们只是北方的一个小部族。

令人头疼的事接二连三地袭来。

倒是有一个解决办法，不过能否说服民众和那些贵族呢？罗睺罗沉浸在思考中，都没注意到身后走来的耶输陀罗王妃。

“不要太过操劳。”

“母亲。”

“一切早已注定。你知道的吧，罗睺罗？”

“请不要这样叫我！”

耶输陀罗没有回应，只是拿起插在瓶中的一朵花递给了他。

“这是？”

“想着用它来安慰你一下，就拿过来了。据说是北方的花，叫作蔷薇。”

十重二十重花瓣交叠在一起，他以前从未见过这种花。

“不过名字都是无关紧要的，重要的是你觉得它美。”

罗睺罗很快就明白了耶输陀罗想说的话。

祖国的困难，自己的立场，还有那个名字，将他重重包围着。

——不要管出身与姓名，走想走的路。

——如你父亲那样。

耶输陀罗应该就是这个意思，可身为王族，她不能直接说出来。不能否定以婆罗门为尊的种姓制度[①]。

所以才用了这种婉转的表达方式。

---

①印度种姓制度源于印度教，又称瓦尔纳制度，该一制度将人分为四个等级，即婆罗门、刹帝利、吠舍、首陀罗。但除四大种姓之外，还存在大量的第五种姓达利特，被上等种姓称为贱民。

就算没有出身与姓名，花儿也是美丽和尊贵的。

罗睺罗想起，棋盘上没有僧侣、贵族、商人和奴隶，大家的出身都是一样的。棋盘上能够依靠的只有一样东西……罗睺罗摇了摇头。

母亲的苦心他懂了。

可是要怎么做呢？罗睺罗不由得激动地叫道："人又不是蔷薇！"

他想把罐子砸在地上，但那一瞬间，理智唤起了他的羞耻心。"对不起，"他低声呢喃，"我很感激您的良苦用心，但这是没用的。"

"聪明的孩子……我宁愿你是个矜贵而傲慢的王族，这样的话……"

耶输陀罗怜悯地说了一句，然后就陷入了沉默。风向南方吹去，不知从哪里传来了鸟鸣声，母子二人无言地站了一会儿。不久，耶输陀罗仿佛下定决心般开口：

"首图驮那王常说，"她的表情告诉他，虽然这事不让说，但现在只能说出来了，"那孩子和悉达多一样聪明，也和悉达多一样在这世界的另一端看见了些什么，但我们根本无法理解他所看到的，而他也为国家压抑着自己的这种心性。"

罗睺罗觉得祖父的话太善意了，但他还是沉默地等待着母亲说下去。

“或许，像他父亲那样追求自己的道路，离开这个国家才是正理。如果他真要这么做，我是阻止不了的。”

“我没有这个打算……”

“但是，”耶输陀罗并未回应，而是继续复述，“那孩子有些地方和悉达多不大一样，如果说他父亲在这个世界的另一边看见了光明，那他看见的就是黑暗。但和悉达多相比，他还是缺了点什么——到底缺了什么，只能靠他自己去发现。”

罗睺罗痛苦地听完了母亲所转述的祖父的这些话。

耶输陀罗没有再多说什么，但国王的话其实并未结束。这是有一次罗睺罗自己偷听到的。那是个对于年轻的王子而言异常沉重的宣判。

——那孩子的智慧用错了地方。

——他确实什么都像悉达多，但有一点不像——他没有王者之相。

罗睺罗自己也是这么认为的。

生于以太阳为信仰的释迦族，却被冠以“蚀”这样的名字。这个名字象征着阴影，甚至可以说是恶魔的名字。而且出生后不久他就被父亲抛弃了。

他的少年时代黑暗而曲折。

对于身为智将和参谋的罗睺罗而言，这些挫折反倒是他的优势。但他说的话不像首图驮那王那么有影响力，对于这一点罗睺罗自己也有所感觉。

树干弯曲的树木只能在弯曲的状态下成长。

扭曲的人无法成为王。

罗睺罗看了看手边的花。

感觉只要一打破罐子，里面的生命就会突然变得惹人怜爱。

“母亲，”罗睺罗突然想到，“这朵蔷薇能不能种在这里？这对植物来说应该是很幸福的吧。”

“这主意不错。”

“就这么办吧。”

“不过现在可不行，过一段时间它就会在罐子里面长出根来，之后再把它种在这里吧——说好了哟。”

太阳已经完全落下，可罗睺罗仍然在三时殿的遗址上冥思苦想。

每次即将得出结果的时候，就一定会有样东西在他脑中浮现——那个游戏。

步兵、象兵、战车和国王。

要不将吃掉的敌方棋子为我所用？这样的话对战会变得更加玄妙。可是，就算只有原来那些规则，人们都要说大象不会飞，在这样的世界里，如果我还要增加一些规则，别人就更不会理解我了……

忽然，他想起了火葬时产生的那些烟，与此同时，少年时期的那个想法也在他心底苏醒了。全身像在被灼烧的时候，他都仍想着要把自己心中的那个游戏告诉世人，将它传播到各个地方，覆盖所有的国家，覆盖这整个世界，就像那场瘟疫……

罗睺罗摇摇头，感觉自己被什么东西附身了。

仰面躺着。头顶的树木迎着风轻轻地发出沙沙声。

凉飕飕的。

黑暗中满是虫和鸟的声音，交织在一起，从四面八方涌来。

——一切都是活的。

树木、虫子、鸟儿都拥有短暂的生命，它们互相牵绊着，窥视着一时[①] 的现世，然后离去。最初那只是一种感慨，但是渐渐地，有什么东西开始在罗睺罗的内心深处连接，神奇的是，这与父亲在菩提树下获得的感悟很相似。但罗睺罗身上的天启是与释尊相反的，“病魔也是要活下去的吧……”

为什么病魔不立刻置人于死地？它不过就是为了靠人传播，扩大自己的势力，所以才不会马上杀死宿主。

为什么病魔要从一个人传到另一个人？它们不也是和

①这是佛教用语。

人共生的生命吗？就像人割稻子、鸟啄尸体。疾病与我们相互联系。

为什么会有各种各样的病魔？

就算只有一种疾病，也会呈现各种病态。这也和我们人是一样的，如果大家都是一个样子，就无法适应环境的变化。它们也是因为种类繁多，才能永久地存活。

“我明白了……”

罗睺罗伫立在黑暗中，信心的种子开始不断发芽。

要像制造疾病一样，制定游戏规则。

仅仅让人们理解大象也可以飞是不够的，要先在人群中散播，就算现在不行，但为了千百年后这个架空的战争能够覆盖全世界，就必须要先传播出去。

思路开始渐渐清晰。

首先，规则必须尽量简单。热性病[①] 通过空气传播，很容易就能传染他人，同理，如果要做到易于传播，规则就得很简单。所以被吃掉的棋子还能再用这样的规则是不可行的。

其次，这个游戏必须与时俱进。

规则不能固定，要根据时代与文化的不同而转换形式，否则就无法延续千年之久。或许这游戏最终会变得和

①疟疾或伤寒等，发高烧的疾病。急性传染病与一般传染病统称热性病。

自己原来想得完全不一样，但没关系，或许在将来的某个时候某个地方，被吃掉的棋子也能够使用。这个游戏会逐渐完善的。

最后，游戏的意义必须深刻。

病毒感染人后会使病情不断加重，经过很长一段时间才致人死亡。不这样就无法和人共生，所以这个游戏也不能马上就被人忘记，不能过于简单，而应该随着时间的流逝，在人们心中成熟、深入、扎根。

罗睺罗情不自禁地仰望着天空，朝着黑暗吼道："我要用新的宇宙观，改变这个世界。"

——那是一个思想自由的时代。

雅利安人入侵印度，土地扩张，血统混合，不久，出现了一批否定婆罗门的人。比如，主张无善无恶的不兰迦叶[①]和主张唯物论的阿耆多[②]。还有乔达摩·佛陀，不过他的主张和其他信仰相比，显得过于无色透明，甚至有点接近虚无主义。

——就像我们一样。不，历史上的人类都是这样的。

①不兰迦叶是一位道德相对主义者，约与释迦牟尼同时代的思想家，他主张"无我"，但是他主张的内容与佛教不同。他认为，在表相跟行为之外，没有任何东西存在，没有功德，也没有罪业；没有善，也没有恶。

②即阿耆多翅舍钦婆罗，阿耆多是顺世论先驱。"顺世论"是古印度著名唯物主义哲学流派，以感觉经验出发，主张四大元素独立存在为世界万物的物质基础。反对婆罗门教的祭祀行为，反对种姓制。

人们都想看清科学和宗教的临界点。

罗睺罗也有了自己的体悟。

他不顾寒冷，将自己的想法反复琢磨了很久。从那之后，不知过了多长时间，不对，应该说是发生了时光倒流。

某个地方传来音乐与嘈杂声，鼓点（梵语：东哆陛）的变化伴随着笛子（梵语：那笛）的声音，像歌唱一样高低起伏，四周鲜花盛开，三时殿恢复了往日的雄姿。

等罗睺罗回过神来，却发现自己已经站在了十字路口的中央。

“你是……”

面前站着那时候遇到的医师。就是之前给罗睺罗种痘，还有开药驱邪的僧人。风从他背后吹来，带起一阵蔷薇的香味，触到罗睺罗鼻子的瞬间又消失了。僧人告诉他：“在你的东西南北方向各有一道门，每道门的后面都有一个人，从中选一条自己的路，选一个你该去的方向吧。”

罗睺罗先看了看东边的门，有一个年老体衰、腿脚不便的老人用阴沉的眼神看着他，他立即条件反射性地收回了目光。接着他看了看南边的门，有一个浑身都是疮痂的病人正一动不动地在等死。罗睺罗摇摇头，又看向西边的门，有一具不知道性别的尸体静静地躺在那里。

最后，他看向了北边的门，那里站着的是刚刚的僧人。

“你明白了吧。”

“……人会老，会病，会死。这是无可逃避的痛苦之源。可人却还要与之抗争。不为别的，只求心安。”

“我懂了。”

“父亲选择了北边的门。通往你那里的门——连接生的门。”

乔达摩·佛陀还是个精通医学的人。当时的医生认为，观察和合理地处理资料，然后反复验证才是最重要的。为了治病，他们甚至会喝酒吃肉。而这样一来，必然会破除神秘，否定神父。科学——应该是可以这么叫。

释尊就是为了追求生与科学，才出家的。

然而，古代那些正在开花的科学种子最终还是被消灭了。权力镇压了医生们。“……我看见了老人。”罗睺罗说得很慢，字斟句酌，好像要把它们都嚼碎似的，“然后又看见了病人，还看见了死人。之前看到他们我虽然立刻就转移视线，收回了目光，可当看完了这四扇门后，我开始改变主意了。他们是因为没有选择通向你的那条路，才会老、会病、会死去的吧。”

罗睺罗转过身，背对着僧人。

“他们也想选生路，只是选不了，部分人是没有选择权的，所以，和尚（梵语：婆罗门）[1]啊——我要到他们那边去。”

然后，罗睺罗就坚定地向南走去，并宣告：“如果父亲要做生者的王，那我就要做患者的王。”

梦醒了。

太阳渐渐升起，照亮荒芜的红土。三时殿只剩了一个地基，没留下一点痕迹。那个瞬间，罗睺罗想起了梦的内容和关于病魔的启示。但又马上将它抛开了。患者的王？发什么疯啊，在这么一个即将灭亡的边境小国里……现实在等着他。罗睺罗向迦毗罗城走去。

恰图兰卡是发源于古印度的棋盘游戏。

据说是国际象棋的起源。游戏中有王、将军、象、马、车、步兵六种棋子，规则与中国象棋相近。最早出土于公元5世纪的印度，不过也有人说这种“原始国际象棋”早在公元前就已经出现了。

其中的“象”不久后传到日本则成了“银将”[2]。

天花是和佛教一起传来的，如今人们证明，这种夺走

---

①婆罗门原为僧侣级。

②将棋棋子之一。银将可以向左前、前、右前、左后或右后走一格。弱点是不能左右走和直着后退。

了藤原四兄弟生命[1] 的疾病是由一种直径两百纳米的DNA病毒带来的。

种痘技术是十八世纪普及的。

可是在南亚，要想根除天花需得花上很长时间。因为那里有一种民间信仰，认为患上了这个病的人将会变得幸福。人类克服这种疾病是在二十世纪以后，所以我并没有接种天花。

病毒和细菌不一样，增殖过程也不同。病毒进入细胞后，就会脱壳，只留下基因，然后进行自我复制，再次形成新的病毒，从细胞中释放。病毒学将这段过程称为“蚀(eclipse)”。

从那之后不久，南方有消息传到迦毗罗卫，说居萨罗的国王即将退位，这样的话，继位的就是那位毗琉璃了。

——如果是他的话，或许会停止侵略。

——因为这里对他而言就像是第二个祖国。

——最重要的是，毗琉璃也皈依了佛陀。

对释迦族来说，这是个充满希望的消息。

所以，罗睺罗硬是忍着没说出来，但其实他知道，毗琉璃即位之日，就是迦毗罗卫国破之时。因为毗琉璃要当

①据传，藤原武智麻吕、藤原房前、藤原宇合、藤原麻吕分别于天平九年的七月、四月、八月、七月死于天花。

天下之主，还要……

现在，罗睺罗依然很喜欢毗琉璃，还觉得毗琉璃有帝王之才。但他也知道，毗琉璃才是这世上最憎恨迦毗罗卫的人。

那一天，毗琉璃学会了射箭，正要离开迦毗罗城。

两个少年依依惜别。

“你一定要来啊，”毗琉璃不停重复着，“来居萨罗，咱们一起一统天下！”……贵族们听了这话后，在背地里小声议论，“他说要一统天下呢，真是个养尊处优、不知天高地厚的公子哥！”

只有罗睺罗知道毗琉璃是认真的。

“有时候，”最后道别的时候，毗琉璃问他，“我在迦毗罗城里经常会听人说起一件事，不知是真是假。”

事情是这样的：

曾经，居萨罗的国王波斯匿欲与释迦族加深友谊，便打算娶一名释迦族女子为后。但在释迦族看来，居萨罗乃蛮夷之族，重视血统的他们实在无法接受这个提议，可对方又是个大国，不能随随便便就拒绝。

当时的国王摩诃男[①]心生一计，他让婢女所生的庶女假扮公主嫁到居萨罗，生下的那个孩子就是毗琉璃。也就

①释迦族，是直接导致琉璃王灭迦毗罗卫之人。

是说，他虽然贵为王子，体内却流着混杂了卑贱的血液。

这些传言，罗睺罗也有所耳闻。

而且这件事好像是真的。他早就知道有一天毗琉璃会问起，要是佯装不知也就蒙混过去了，可他却犹豫了一下，“……你将来是要当王的人，”他终于开口说道，“不管事实如何，都已经没办法改变了。我喜欢那样的你，将你当作朋友，这样的你，现在是真的想要知道真相。”

“别啰唆了——快说，是真，还是假？”

“反正都是不值一提的人，不必再……但，你是位君王，我想对身为王的你表达敬意。”罗睺罗仿佛是在消除自己的疑惑一般，继续说道，“身为君王，是不能有疑惑的，所以，你必须知道真相。”

“是吗……”

毗琉璃闭上双眼，久未睁开，他心中非常烦闷。

长时间的沉默。

当他终于睁开双眼的时候，眼中已经有了新的决心，与之前判若两人。

那一瞬间，少年蜕变成了青年。

“再见了。”他说，“朋友，谢谢你告诉我真相。”

就这样，他离开了迦毗罗城。

罗睺罗就这么在城门的地方站了很久，心中喃喃自语。毗琉璃驾着马，瞬间回头看向迦毗罗城，两人不约而同地在心里说道：

——下次见面，就是在战场。

低沉的地鸣伴随着无数的嘶叫与呼喊向城堡逼近。

轰鸣声如同冰河消融后的急流，那是居萨罗的象兵部队。战象成群结队，大军压境，来到迦毗罗城前。

但他们似乎还没打算入侵。

也许他们现在只是想威慑一下，但不久后大象就会跨越国境，开始在城内践踏杀戮。

人们开了好几次军事讨论会，每次得出的结果都很令人绝望。

罗睺罗决心将酝酿了很久的方案付诸实施，但这件事不能由自己来做，如果失败了，就会牵连到今后的政治生涯，所以，他决定去拜托叔父提婆达多[①]。

方案提出来的时候，提婆达多最先表示反对，但经过多次交谈，说清具体内容之后，对方也不得不承认除此之外别无他法。

“我的身份不允许我说这样的话，”这是罗睺罗给出的理由，“所以，能不能由你来提出这个方案，功劳算你

①提婆达多出身刹帝利释迦族，是释迦牟尼佛的堂兄弟，祖父为师子颊王。

的——”

军务商量得差不多的时候，罗睺罗看准时机，暗示提婆达多。

对方当即点点头，举起了手。

“为了守护我们的亲人——不，是全体释迦族人，我有一个方案。”

提婆达多等了一会儿，环视众人，大家有些不知所措，但看起来还是愿意听他说下去的。罗睺罗之所以拜托他来说，也是因为提婆达多擅长这种话术。

“只不过，”提婆达多提醒道，“大家可能很难接受，因为这是个非常具体和现实的方案。”

“别装腔作势了，快说吧。”

“居萨罗攻打我国有两个原因。其一，为了农村和水源。其二，是因为我国有可能会在他们与摩揭陀的战争中，偏向摩揭陀。”

他来回踱步，观察着每一个人的表情，继续说道：

“反之，如果这两个因素都消除了，那他们就没有理由再来侵略我们。”

落日西沉。

窗外，清澈的空气中，隐约可见喜马拉雅山脉的白色山岭，那是众神的宝座。与其说它是大地，不如说像是某种属于日与月的东西。提婆达多朝着那些山岭，伸出手指："要迁都！"他宣布说，"我们要放弃做农耕民族，到那座众神居住的山上去——放弃都城，做山地民族，才是我们活下去的唯一办法。"

"不可以！"

立刻有一位高官反对，他起了个头之后，众人开始吵吵嚷嚷，其中明显夹杂着指责声。

——怎么突然说这种话？

——难道要把历代先祖生活的土地拱手让给蛮族吗？

"是为了血统！"提婆达多喊道，"我们最重视的是什么？土地、粮食，还是传统？——我依次做了考虑。释迦族到底是什么？应该以什么为先？是血统！我族的延续才是第一要义！"

这就是罗睺罗和提婆达多想出的突破口。释迦族很在意血统纯净与否，所以把庶女扮作公主送出去的事都干得出来。不过，众人并不买账，吵闹声越来越大，不久，还出现了叫骂声。

氏族对于土地的执念很强烈。

再说了，在场的人根本连山地民族是什么都不明白。还是救不了这个国家吗？罗睺罗默默压抑着涌上心头的遗憾。有人叫道："我们不需要失败主义的血统！"

"大家冷静一下！"提婆达多彻底失控了，"这是和王子商量了很多次才想出来的！"

这句话不在原先设定好的台词里。

大家一齐看向罗睺罗，眼神中都带着诘问。终于到了要做出抉择的时候，罗睺罗深深吸了口气，腹部用力："——我并未想过此事。"

"你说谎！"

好几个人将情绪激动的提婆达多制住了，罗睺罗朝门口抬了抬下颚。

"你们给我记着！"提婆达多被带走的时候，嘴里还一直喊着，"释迦族！还有你们这些王族！包括佛陀释迦牟尼——都给我听好！你们记住了，总有一天！"

"王子，他刚刚说的是真的吗？"一位大臣问罗睺罗。

"无稽之谈。"

大臣行了一礼，退下了。那表情就像在说"姑且相信你吧"。吵闹声渐渐平息了，众人才开始想起，到头来，危机根本没有得到丝毫的改善。罗睺罗瞄准时机，拍了拍手："大家听我一言！"

众人听后，纷纷安静下来。

罗睺罗清楚自己没有帝王之相，正因如此，他才偷偷学习了这种场合应该采取的手段和话术，现在终于可以派上用场了。

"一个月，"在众人的沉默中，他开口了，"能挡住居萨罗一个月吗？"

有一人回答："这点时间应该还是……"

"那我们就有活路。"

说着，罗睺罗意气风发地拍了拍双手："一个月后，夏天就到了！到那时，冰川就会融化，不久后水流便会汇聚成河，奔腾而来。在此期间我们要兴建大堤，拦截所有水源。"

"水攻——"

"不错。居萨罗进攻之时，定会破坏所有堤防，幸而迦毗罗城位于高地，让百姓到城中躲避即可。但那些欲攻打我国的蛮族——所有的士兵，所有的战象，都将被冲走，被淹死，全军覆没。"罗睺罗鼓足力气说道，"怎么样，能做到吧？"

顿时响起一片欢呼声。

罗睺罗为了不让任何人察觉，故意长长地舒了口气，坐在了那里。这样或许能抵挡片刻，但居萨罗定会赌上大国的威严，发动第二波乃至第三波攻击。要是在那之前大家能想起提婆达多的方法就好了……

这时，他的视线与始终都在静观其变的首图驮那王相撞，王的眼中明显交织着各种复杂的感情，有看着孙子下定决心、迈步前行的欣慰，有对新王的祝福，还有——超越一切的悲哀。

罗睺罗的计策很成功。夏天到了，冰川融化了，喜马拉雅山脉蓄积的雪水汇成汹涌的大水，一下子冲走了居萨罗的军队。正如他预言的那样，所有的士兵，所有的战象，都被大水冲走了。

可这件事让迦毗罗卫民众尝到了成功的滋味。

——我们能活下去了。

没有一个人想起提婆达多的话。

罗睺罗几次去拜访提婆达多，都是大门紧闭，根本没法交谈。没救了，罗睺罗想。

这个国家要亡了。

不过，自己到底杀了多少人呢？五百？一千？居萨罗的军队有多少人？……是啊，我杀人了，陷害了提婆达多，还杀了上千个人……

他什么都不愿想。

罗睺罗无意识地朝着三时殿遗址走去，曾经种下的蔷薇，已经深深扎根，现在仍然盛开着。突然他看见了一个陌生的人影，那是一个身着破布的壮年男子，男人好奇而慈爱地抚摸着蔷薇。

“小心点，”罗睺罗对他说，“上面有刺。”

“……在过去，这里有女子起舞，音乐终年不止。”

男人收回手，开始说道。

“无常——诸行无常，你难道不这么认为吗？”

“那花是我种下的。在我母亲——耶输陀罗王妃的帮助下。”

“嗯。”

男子只说了这么一句，可罗睺罗却强烈地感受到什么，他在男人面前坐下，小声问道：“不知名的和尚啊——”他说，“我如今活在痛苦之中。”

“是的，”男人回答，“众生皆苦。”

男人说的话实在很普通，众生皆苦，这是毫无疑问的。但不知是因为男人的口吻，还是罗睺罗自身的处境，他竟觉得这话渗透到了自己的心里。

“和尚啊，”他再次发问，“我杀了人，一夜之间，杀了无数人。这都是为了救国，但我内心其实很清楚，那只是无谓的杀生。”

“嗯。”

“和尚啊，我是个罪人。我陷害了一个人，还为了救国杀了好几千人——不久的将来，这个国家便救不了了，到头来，相当于又要杀好几千人。明明没有当王的才能，却硬要当，还……”

身为王族，向一个来历不明的人展示自己的内心是非常危险的。

尽管罗睺罗知道这一点，但还是忍不住想倾诉，不知不觉中，他已经毫无保留地吐露了自己的真心。

"和尚——"罗睺罗只说了这么一句。

他双手抱头，像个孩子一样抽泣着。

"年轻的王啊——"男人称他为王。

这顿时唤起了罗睺罗内心深处的什么东西，就这么一句话，消除了他重重的烦恼，罗睺罗抬起头。

"迦毗罗卫年轻的国王啊，迄今为止，我见过许多位君王，譬如，比这里大得多的国家——没错，就是居萨罗的国王，我见过他。他们都和你一样苦恼，也会为各种事感到后悔、烦恼和害怕。别说是一千人了，他们杀的人比这多十倍、二十倍。"

说到这里，男人双眼直直地盯着他。

"众生皆身处苦海。对了，花是你种下的吧，那不就意味着你救了这朵无名的花吗？花会凋零，可那成千上万的种子会乘着风，在另一方土地上扎根。烦恼的时候，或者梦魇的时候，想一想自己曾救过一万朵花儿吧。"

男人触摸的那朵蔷薇，花枝上有嫁接的痕迹，是花被风刮倒后经过处理留下的。

——枝干弯曲的树木只能在弯曲的状态下成长。

罗睺罗将这种植物想象成了自己。

"这花名叫蔷薇。"他回应道，"可实际上，种下它是一种罪孽。终有一日，居萨罗的军队会来到这里，肆意地踏过花朵，向前进军。是我把无辜的蔷薇送到了这个冷酷的世界。杀生是罪，可生育又何尝不是一件罪孽深重的事……”

“我曾经也这么想过。”

罗睺罗没料到僧人会说出这样一句真心话。

“已经是十年前的事了，”僧人继续说道，“我想出家为僧，感觉自己的面前有一条光明大道，可血统和家族阻止了我。这时，我有了一个孩子，在万分烦恼、打算就此作罢的时候，又生出了新的痛苦和烦恼，我被罪恶感折磨着。如果悟道是太阳，那么那个孩子就是阴影，也是罪恶本身，我甚至给那个孩子取了这样一个名字——是的，就是‘蚀’。”

罗睺罗感到难以置信，他直视着对方的脸。时间就这么在沉默中流逝，男人再次抚摸着蔷薇，回到刚刚的话题。

“可是，年轻的国王啊，后来我明白了，芸芸众生都有其存在的理由，都是互相联系的。在出生和走向死亡的过程中，每个人都被赋予了某种作用。‘蚀’也是一样，他克服了苦难，给民众带来了希望……我如今甚至感到很自豪，在受苦受难的众生之中，诞下了一个生命。”

“你是……”

这时，远处有人在呼喊罗睺罗。

一位大臣走了过来，估计是有什么事要禀告。他喘着气，正要开口说话，可看到僧人的一瞬间，立时就杵在了那里，像挨了顿打似的。

疲惫的脸上渐渐充满强烈的欢喜。

“悉达多殿下！”

大臣叫了一声，飞也似的又从原来的路上跑回去了。

“诸位！诸位！听着，庆祝吧，悉达多殿下，回来了！”

对于释尊的返乡，迦毗罗卫的百姓大多是怀着善意的，很多人都想听听他的意见，目前迦毗罗卫正面临亡国灭族的危机，可释迦族的新宗教却成功教化了居萨罗和摩揭陀。

从根本上刷新了蛮族们的世界观。

悉达多对他的祖国而言算是一位英雄。

当然，也有对他比较反感的人。在他抛弃国家，放弃继承王位，到处流浪的这段时间里，首图驮那王和罗睺罗殿下可是操碎了心。现在回来做什么？甚至有人宣称自己是罗睺罗一派。这令罗睺罗头疼极了。

释尊洗净身体，缓解旅途劳顿后就召集了一部分关系亲近的王族，开始和他们谈话。

话题既不是有关思想，也不是有关宗教。

他聊的是政治。

其中的内容令众人大吃一惊，就连一直愤然坐着的提婆达多听了之后，也是神色骤变。因为大家觉得，目前只有释尊说的这个具体方案可以一试了。

他要求大家去“政治避难”。

可是现在的居萨罗和摩揭陀，已无迦毗罗卫王族的容身之地。因此，需要采取出家这种形式，让首图驮那王以下的所有人成为僧人，抛弃国家，而且不只是王族——住在迦毗罗卫周边的人也都要出家，让他们处于宗教团体的庇护之下，以此让释迦族永远延续下去。

尽管有高官面露难色，但如果大家都选择了出家，他们也是没法阻止的。

这便是释尊为了保存血统，所想出的全部计划。

“您……”耶输陀罗的声音颤抖着，“莫非是从出家的时候起，就在计划这件事了……”

释尊没有回答，只将目光投向末座：“提婆达多。”

“在。”由于突然被点名，提婆达多的声音显得有些嘶哑。

“你的想法我听说了。从农耕民族到山地民族——很少有人能想到这种转变。你是经过深思熟虑的，而且还勇敢地提了出来。”

提婆达多的视线开始游移，“那个，那是和王子一起……”

“我说了，”罗睺罗移开目光，“我并无此想法。”

罗睺罗半信半疑地听着他们刚刚的谈话。

确实，在三时殿遗址，自己曾被这个男人打动了。可所谓的高僧多半都是这样的，能用某种超自然的力量掌控人心。罗睺罗觉得自己早已没了退路，既然现在出现了一批自称罗睺罗派的人，那就必须抛却个人感情去看清：

——这个男人到底值不值得我们托付迦毗罗卫的命运。

“无论如何，”释尊斩钉截铁地说道，“我要先把我的想法和感悟告诉迦毗罗卫的民众，因为，如果他们不能理解我坚信的道路，那这个计划的意义就很难体现——”

如此，释迦族的王子就开始为释迦族说法了。

据说，释尊在民众间传播的内容是与施论、戒论、生天之论有关的。

据说，此时选择出家的，包括提婆达多和阿难[①] 在内，有五百人左右。

又据说，罗睺罗是拖了七日才做出决断的。

他把自己关在房间里，拿出曾经的棋盘和棋子，拂去灰尘。

①迦牟尼佛十大弟子之一，梵语 Ananda 的音译，意为欢喜。原是释迦牟尼佛的堂弟，后跟随佛陀出家，后为佛陀的侍者。

仅仅是拿起棋子，就能感觉到少年时代的记忆在不断涌来。

自己的想法与他人的想法存在分歧的那段时光，烦恼于被人抛弃和自己名字的那段时光，与毗琉璃度过的那段短暂又美好的时光……似乎都从遥远的地方涌来。或者说，根本就没有前进分毫。

听说追随释尊的人已经有数百。

不过绝大多数人被留了下来。也许自己应该留下来保护他们。但如果自己选择出家，也会有人跟着自己出家，从而得以活命……

现在我该怎么做？

我应该走什么样的路？起到什么样的作用？

他一直在想这些问题。

渐渐地夜深了，有个身影来到了罗睺罗的房间。

“父亲。”罗睺罗不禁唤道。

“不——‘释迦牟尼’，”他摇摇头重新说道，“我以迦毗罗卫最后一位王子的身份对你进行考验。”

“你尽管问，尽管试。”释尊回答，“恶魔——”

“蚀”代表阴影，也代表阿修罗王。

传说与神大战的罗睺[1] 将日月吞入腹中，给世间带来了黑暗。又听说释迦牟尼佛在修行时遇到恶魔，恶魔向他提问，佛祖一一回答后将其驱之。

“那年我大概七八岁……不对，好像是十岁，军事讨论到激烈的时候，有一个游戏突然浮现在我脑海。”

不对啊，他心想，我不是要问这个，算了，反正都说出口了。

“现在我就和您说说这个游戏。”

王——可以走它周围的八格。

象——可以斜着走两格。

“我不知道为什么这种东西会突然出现在我脑中。但我知道——当时没有一个人能够理解。他们都说大象是不会飞的。”

将——可以斜着走一格。

马——可以往前（后）走两格，再横着走一格，或是往前（后）走一格，再横着走两格。

“一直以来，我都把这个游戏封存在自己心中，因为我觉得，身为王子想这种东西有些不大合适……可不知为何，我又觉得这想法有无上的价值。”

①天文学名词。指黄道和白道的降交点，而称升交点为“计都”，同日、月和水、火、木、金、土五星合称九曜，因日月食现象发生在黄白两道的交点附近，故把罗睺当作食（蚀）神。印度占星学认为罗睺能支配人间祸福凶吉。

车——可往前后左右任意行走，步数不限。

兵——只能前进一格。

“我一直希望有一天能遇到一个懂这游戏的人，并与之对战。父亲——不，释迦牟尼佛啊，如果是你的话，应该能够理解我心中这个不可思议的想法吧？”

“……双方按照规则，轮流布子，最后能够吃掉王的一方获胜，是吧？”

“正是！”罗睺罗眼里闪烁着光芒，“就是这样！可就这么点事，目前为止都没人能理解！”

此时，罗睺罗忽略了一件事。他忽略了父亲近似怜悯或忧愁的神情。

“您先下吧。”罗睺罗说，“先下的人比较有利，我早已对这个游戏了如指掌。”

释尊颔首，将步兵推进了一格。

罗睺罗见状，也走了步兵。

虽然释尊下得没什么把握，但他似乎很快掌握了要领，两军渐渐形成了各自的阵形。如何把自己的王围起来，如何阻止对方的象前进，释尊明显看懂了罗睺罗的游戏。

“我……”释尊呢喃着，仿佛在自言自语。

“我在确定自己的道路之时，曾想过，能够延续千年，拯救人类的教诲究竟是什么。”

“愿闻其详。”

“首先，教诲这种东西，必须尽量简单。其次，必须与时俱进。最后，它必须是无穷无尽的。”

罗睺罗注视着父亲的眼睛，刹那间有种类似欢喜的感觉涌上心头。

但渐渐地，这种感觉又被空虚取代了。

毋庸置疑，在棋盘上罗睺罗是有优势的，他都钻研了十多年了，各种各样的定式和战略早已在心中成形。释尊也发现了自己处于劣势，可他的表情始终都是淡漠的。

走到现在，罗睺罗才终于明白。

那个人就在这里，那个和我一样在这世界的另一端看见了什么的人，看见了彼岸另一个世界的人……可他又和我有着决定性的不同……到底是哪里不同呢？

对了，我开始懂了。

对方完全没有、一丝一毫也没有感受到这个游戏的意义，所以，不管处于多么劣势的情况，他的表情都不会变。他智慧的矛头所指的方向，与我有着根本的不同。

罗睺罗看向面朝棋盘的释尊，他差不多该认输了吧……

对方眯着眼俯视着棋盘，看着的是……

原来如此，目光所至之处不同。

我的目光投向的是自己的智力本身，甚至可以说是只有智力，我除了自己的智力以外没有可以倚仗的东西。但这个人的视线与目光却是——

向着众生。

“……我输了。”

他很自然地脱口而出。正集中精力思考的释尊突然回过神来。

“为什么？形势对你非常有利。”

“是我输了。”

自尊心令罗睺罗不想再多说什么。

但，这与是否要追随这个男人是两码事。这个男人有没有资格领导民众。作为一名首领，不仅要人品伟大，还需要有当王的潜质——在身陷泥泞之时，领导民众，约束民众。

“这个游戏我输了，请你回答下一个问题。”

“问吧。”

“……你不在的这十年里，有个想法一直支撑着我。”

罗睺罗缓缓思考着，一字一句地开口说道，仿佛咀嚼食物一般。

“先听我说，我的想法是这样的？能够救人的到底是什么？是教诲与真理吗？我觉得不是。应该有很多人受到教诲和真理感化，找到了救赎之法，可这些人回去之后要面对的是生活。人，是必须生活的，而生活足以摧折人的意志，使人背弃真理。”

到此为止，罗睺罗觉得自己还勉强保持着冷静。

可渐渐地，激动的情绪就像决堤的洪水一样涌来。

“教诲，是救不了人的！”他不自觉地吼道，“更何况，是以抛弃家和家人为前提的教诲！”

自己的话语刺痛了自己的心。可一旦开始说，就再也无法停下来。

“能够救人的是什么——是政治！”

蒙蔽双眼，忘却一切真理，却仍然殚精竭虑地统治、领导着一个国家。除此之外，哪里还有什么能够救人的具体方法！

“首先，杀父、杀母、杀子之仇是不会消解的，绝对不会！”

不管接受了多么宝贵的说教，可回头一看，现实就摆在那里。

深入骨髓的怨恨，永远无法消解。

“至于我，确实，我刚刚用这双手杀了数以千计的人。可那个时候我是善意的，甚至可以说我那样做都是出于一颗干净纯真的心！所以你看，人类是不是很麻烦啊。”

他知道。

那是骗人的。

为了国家，为了家族，这些不能作为理由，可在不相信的同时，他也同样相信着这个谎言，甚至还把它作为倚仗。

“人都有想守却守不了的戒律。我们自己也想过一些方法……但如果要以大局为重的话，这些方法就都不能实施，那我们还能有什么办法。”

有时候人就是需要一个倚仗，就算它是谎言。

人都想要一块免罪金牌，即便知道那是谎言。

“人不就是以这样的谎言为立足点，一步步成长起来的吗……从用谎言粉饰的一丝善良中……觉悟者啊——你却想从根本上颠覆它！大多数断了枝干的人，即使处于弯曲的状态，也不得不继续伸展他们的树枝。有些东西，对你来说是出路，对其他人来说却只是一个死胡同。我还是要说，大多数断了枝干的人，即使处于弯曲状态，也是不得不继续伸展他们的树枝的！”

释尊一直沉默地倾听着罗睺罗的倾诉，听到这里，他突然平静地开口了：“枝干折断的人，就是指你自己吧？”

“……”

罗睺罗顿时语塞，不过很快他就点了点头。

“是的，就是在说我自己……啊，我该怎么做？”

“那我反过来问问你，年轻的王——不，孩子，在成长的过程中断了枝干的树木，不管长得多高大都始终是弯曲的，这确实是不会改变的真理。”释尊暂且同意了对方的申辩，然后说，“可是——孩子，大树会在意自己的枝干是弯折的吗？不会的，它不会在意。那这棵大树难道要比其他的树卑贱吗？”

“怎么会，肯定不是！但……”

将树枝折断的人，不是别人，是你自己。罗睺罗明白了这句话的含义。

“觉悟者啊，”他重新说道，“我认为树是没有心的，人却有，而人心是会在意自己的枝干的。人都有心，无法改变。这不也是自然的规律吗？”

“嗯……”

释尊点点头，仿佛早已洞悉一切。

“我就是要教他们如何抛弃这样的人心。”

到此，罗睺罗没有接话。谁都能明白的语言，谁都知道的语气。对方说得没错。罗睺罗的理性这样告诉自己。可心底仍然积压着郁闷与无处发泄的愤怒。于是他抽出护身的宝剑，刺向了释尊。

剑刺入了一分。

两分。

释尊却纹丝不动，直盯着罗睺罗的眼睛。

最终，罗睺罗一点也动弹不得了。“我输了。”他收剑，用利刃割下了自己的头发。

罗睺罗把剑放在一边，坐下来，低着头。

“我罗睺罗——迦毗罗卫的折枝蔷薇，愿皈依于您。”

随着罗睺罗的出家，有更多的人加入了出家的行列。而留下来的人，则做好了与这片土地生死与共的觉悟。罗睺罗仍然会一起参加军事讨论，直到最后一刻。他还把一直以来所想的战术和战略都交托给了他们。

据说，毗琉璃——琉璃王那里，则是由释尊去劝说。

但恐怕不会很顺利。对琉璃王来说，这片土地虽然是他的第二个祖国，可身上流淌着的婢女之血也是源自这里。他也是枝干弯曲生长的蔷薇。人心复杂，这一点释尊和罗睺罗都很清楚。

释尊想给罗睺罗一个新的名字，可罗睺罗拒绝了。

“现在对我而言，这个名字甚至算得上是一种荣誉了。”他毅然决然地说，“大树应该不会在意自己枝干的形状吧。”

这也是在嘲讽释尊舍弃了悉达多这个名字。

可释尊却欣然接受了。

罗睺罗处理了平时穿戴的物什，穿上了释尊授予的粪扫处衣[①]。但常年的爱好很难轻易舍弃。他迟迟没有丢弃那些棋子和棋盘，几乎夜夜看着它们。

丢了它们，释尊说。

---

①僧侣之服。以各色碎布拼缀而成。按佛教规定，纳衣之制有五种：道路弃衣、粪扫处衣、河边弃衣、蚁穿破衣、破碎衣。

结果到了出发的那一天，他也没有丢掉。而是说了这么句话。

“师傅。”他开口道，“希望您可以答应我一个请求。”

“说说看。”

“您与居萨罗王和摩揭陀王交好，所以我想拜托您——能不能把我想出来的这个游戏进献给他们？”

“你，又来了……”

“我有我的考量，老师啊，众生之中，既有贤王，也有相同数量乃至更多的昏君，有真心为民的君王，反之也有穷兵黩武的君王。把这个游戏献给他们，不是可以减少一些战争吗？”

“嗯……”

之后佛教兴盛，提婆达多反叛——以及，释尊在库什那迦涅槃。佛传中还记载了这样的逸事，说罗睺罗是佛祖十大弟子之一，作为“罗睺罗”名垂青史，据说他一生的时间都用在了学习上，但，这又是另一则故事了。

恰图兰卡——古印度棋盘游戏之一。

据传是将棋与国际象棋的前身，也有人认为恰图兰卡是一位高僧为使好战的君王停止发动战争而献上的游戏。

千年虚空
Pygmalion's Millenium

将棋——双人棋盘游戏。棋盘纵横两个方向各有九格，率先将敌方的王困住者为胜。人们认为将棋与国际象棋均起源于古印度的恰图兰卡，但吃掉后的棋子还能再用的、名为“持驹”[①] 的规则，是将棋的专属。

苇原兄弟——准确地说，还应该加上织部绫，据说这三人曾经在落合[②] 居住过的房子一直由后来唯一的幸存者苇原一郎管理维护。听说两兄弟被织部家从北海道孤儿院领养回去后，和这家的长女绫一起在别墅里度过了少年时期。

虽然一郎刚开始拒绝了我的采访，但在交谈的过程中，他发现我关心的并不是他们两兄弟而是织部绫，就变

①敌方的棋子被吃掉后成为己方的“俘虏”，可作为己方“后备部队”再次使用。
②日本的地名。

得非常配合，最后，甚至还吩咐房屋的管理人把钥匙交给我。

我个人感觉，一郎像是已经步入老年，他失去野心，现在也没打算隐瞒什么了。他的许多记忆早已如同沙粒一样消散。绫对他而言同样是一个难解的谜团，可有的时候他连细枝末节的事都能说得很清楚，令我颇为震惊。

织部家属于中产阶级，因此我以为他们会住在一幢豪宅里，但没想到他们在落合的那个家只是一座小小的平房，围墙和房子之间有五十厘米左右的间隙，那里种了一些梅子，虽然房屋已经闲置了很久，但一直有人在妥善打扫。让我觉得这房子缺少生活的沉淀，或者说，棋手这类人的大脑就像这房子一样吧。

苇原兄弟中的弟弟恭二是一名将棋棋手。

而一郎是政治家，想到他还想要改变国家的政治哲学，便觉得两兄弟真的是迥然不同。实际上兄长一直骂弟弟“沉迷将棋”，而恭二也不愧是他的亲弟弟，曾经骂自己的政治家哥哥是落水狗。这到底是种深仇大恨，还是两人互相牵绊的表现，终究是不得而知。但有一个不争的事实，那就是两兄弟都想用自己的方式去改变世界的构成，失败后，两人踏上了几乎最为绝望的道路——而背后总有一个叫作织部绫的女子陪伴着。

平房屋顶的瓦片充分吸收了阳光，室内热气腾腾。我一边用带来的毛巾擦汗，一边在房间里踱步，看向西侧有双人床的卧室，这是房子里唯一的寝具。

我仿佛嗅到了从年轻的兄弟和绫身上蒸发出来的夏日雨水。他们也不去上学，几乎每晚都在这里交欢、睡觉，有时候喝了药就开始折腾，用玻璃碎片划伤身体，不断呕吐，有时候还会叫一些应召女郎来玩，也有的时候会把玩闹的整个过程拍成视频。

无处发泄的冲动都朝向了内部。三人疲惫不堪，就像是被柔软的墙壁压垮一般，相互索求、交欢、伤害。他们这段时间的生活都详细记录在恭二的回忆录中，不，如果说成是曝光丑闻估计会传播得更快。

“就像污水在血液里流淌。”恭二写道。我对这句话印象很深。

不知道他们是想逃出来，还是想把自己一直关在里面。但有一点可以确定，那就是织部家将如同刀剑利刃般的三人隔离在了这个房子里。

我去看了看绫自杀的那个浴室。不知是因为打扫干净了，还是重新贴了一次瓷砖，里面没有留下一点痕迹。根据证词，她就是在这里纵向切开了左手手腕自杀的，她千方百计地操纵、玩弄二人，最后还悄无声息地将一个难解的谜题扔给了他们。

以此为契机，兄弟二人摘掉了织部的姓氏，恢复了苇原的姓氏，自此和织部家一刀两断。但身为议员的一郎买回了这房子，而恭二没多久就住院了，之后再也没有回去过。

最为固执己见、紧密相连，却互相憎恨的三人，好像落入水中的一块方糖般溶解了，只留下这么一幢空房子。

恭二的回忆录中写着，绫第一次诱惑他的时候，是在他性成熟之前。然后一郎也掺和了进来，三人立刻对彼此产生了依赖，一开始他们只在家人出去的时候秘密行事，但不久后形成了一种习惯，就自然而然地变得有些频繁。最后，房子里一天到晚都会传出娇媚的声音，附近居民虽然听得不大清楚，但多少也明白了是怎么回事。

事情败露，又知道了是绫起的头之后，织部夫妇就想将三人分开，但他们三人对此很抗拒，加上绫多次假装自杀，最后夫妇俩也只好妥协，就像是断绝亲子关系一样将他们隔离在了落合的一个偏远地区。织部家拥有铁路和百货公司等集团企业，估计他们想尽可能低调地解决这类家庭丑闻。

比起亲生孩子绫，夫妻二人更信任一郎。

绫的情绪本来就不太稳定，她会大叫着扯乱自己的头发，而恭二则寸步不离地跟着她。只有一郎的脸上出现了罪恶感和厌恶感，看着这样的一郎，夫妻俩虽然心里更加憎恨，但还是给了他一张信用卡，将绫和后续的事都托付给了他。

就这样，少年们被锁在了落合的平房里，自此再也不去上学，无所顾忌地进行着年轻不成熟的行为，完事了就睡觉。绫有时候会吸食或口服不知从哪里采购来的药品。订了外卖就吃，吃完就睡。

恭二说："我已经不记得那时吃过的食物是什么味道，也不记得晚上做过的梦了。"

只有三个本能而年轻的身体。

这短暂的蜜月时光出现裂痕的直接原因是恭二。恭二叛逆期的到来和逐渐萌芽的独立性打破了三者间勉强能维持的平衡。他开始与绫保持距离，开始独自参加一郎常去的将棋奖励会①。

其实苇原一郎也会下将棋，只是大家不怎么知道。

而且他才是两兄弟里最先学会的那一个。一郎是在北海道的孤儿院学会下将棋的，他看到孤儿院的孩子们下棋时会把糕点和白砂糖作为赌注，就去学了将棋，而且很快就变得非常好胜，到最后孤儿院里已经没人是他的对手了。

一郎的本能反应告诉他三人之间的平衡终有一日会被

①日本将棋联盟培养职业棋手的机构，每年举行一次入会考试，段位包括六级到三段。

打破，织部家的帮助也不知道什么时候就会停止。连学都不去上，将来要如何自力更生？一郎思考着这些事，最终决定要当一名棋手，在十五岁的时候他加入了奖励会。

弟弟是后来跟着他加入的。

绫虽然表现得像是恭二的监护人，但其实她很依赖恭二，感觉到弟弟要离开自己后她变得非常不安。一开始她还只是哭闹，把自己关在房间里，但渐渐地她就开始对两兄弟暴力相加，两人自然也是以暴力回应，但吵架一结束，恭二就会哭着对绫道歉，绫也会跟着哭。可第二天从奖励会回来后他们又会重复同样的事情。这样的生活持续了一两年。

这时候，一郎偷偷告诉弟弟：

“要想从这里脱身，只有将棋这一个法子了。”

世人诧异为何两兄弟总是带着瘀青来下棋，一些维权机构也曾介入过，但织部家用财力将这些事都压了下去。

这段时间里，似乎只有绫一个人被抛在一边，但不知是因为她总看到兄弟俩背对着自己，还是单纯地过了青春期后冷静了下来，二十岁之后，她的激情渐渐退去，有一天她心血来潮找了个普通办事员的工作。

绫工作出奇地认真，仿佛过往的生活不曾存在过。

她曾对恭二说：“我的肺里有清晨的空气。”可能是因为听了之后很开心，恭二总是想起这句话，还多次引用。

可绫的这个决定成为日后悲剧的导火索。

绫直到晚年都隐瞒着这件事。她第一次拿到工资的时候，想要邀请总是替自己操心的织部夫妻去吃顿饭。她刚发现了一家意大利餐厅，价格也合适，这样父母也能省点心吧，她这样想。绫打算用自己的方式回报父母，开启新的人生。

可是她吃了闭门羹。

夫妻俩做梦都没想到绫竟然会认真工作，多年的操心令他们越发憎恶苇原兄弟和自己的亲生孩子绫。物理上的距离，相应地产生了一定量的负面情绪。电话那头的父亲似乎巴不得立刻就挂断，直接说了句“我们不要你那肮脏的钱”。绫一开始还不知道对方是什么意思，明白过来后立刻大哭起来。

“不是的！”

绫不停地哭诉，但表现出来的样子感觉和过往的她一模一样，这样只会加深误会，可她自己却毫无察觉。父亲也始终都是一副冷淡的态度。

“两只野狗也会来吃饭吧？”

“不要小看一郎和恭二！他们也同样在努力！”

“学校都不去，吃饭叫外卖，整天沉迷于享乐，这叫努力？”

“不要把他们……”

不知是因为哭泣还是生气，绫已经有些说不清楚话了，但她还是说道：“你都没有看见他们，有什么资格这样说？来打个赌吧！看他们能不能突破自我走出低谷——不，我一定会帮一郎和恭二实现梦想！”

“你要赌什么？”

父亲追问着声音模糊的绫。

“算了吧，你们连可以拿来赌的东西都——”

“有的！”绫打断对方的话吼道，“还有命！就算是野狗也是有生命的！”

一切由此开始。

奔放的激情主义者绫不知不觉变成了妖艳的狠毒女人，将兄弟俩的命运操纵在自己手里。最后还独自偿还了之前赌上的代价。

父亲问了句：“要是你们赢了呢？”绫回答说：“——那就承认我们是人。”

假话。虽然这确实是她内心的真实想法，但实际上她想说的却不是这一句。可那个想法的光辉与魅力早已失去，那已经成了一句无法说出口的话。

一个小小的、大家都会有的愿望。

用自力更生所挣得的第一份工资请父母吃顿饭——实际上，她就这么一个愿望。

* * *

“您觉得恭二会得这个病是因为绫小姐吗？”

听完我的问题后，一郎沉默了一会儿，他的视线开始飘忽不定。

房间很窄。

一郎一个人住在荻洼[①] 的公寓里，他就是在这里接受采访的。这是个老旧朴素的一居室，我原本想象着他会过得比这好一点，但事实令我大吃一惊。问了才知道他大学毕业后就一直住在这里。

“……我觉得精神分裂症是一种器官方面的疾病。”

或许是思考好了，一郎开始缓缓地说道。

“因此，不能说病因是绫，虽然无法否认她可能是发病的诱因，但恭二原本就有这方面的遗传基因。然而……”

克制的语气背后仿佛有什么东西在燃烧。

这时，虽然只是些零碎的片段，但我觉得自己确实看到了——他们在落合的家里遭受暴力的那段日子。

这些日子是如何一寸寸侵蚀他们的呢？

“我确信绫是故意这样做的，当时恭二只是一直在追

---

①日本的地名。

赶我的脚步，是她悄悄地从背后将恭二推向了将棋的深渊。绫杀了恭二。不管其他人怎么说，但这就是我的真实感受。”

——当时恭二只是个不值一提的棋手，很难让人相信他居然能够进入奖励会。可他本人对此毫不在乎。他仰慕兄长，跟在兄长的身后就是他的快乐。就在这时，绫不知从哪买来了 DMT[①]。DMT 在那时还是合法的，可它是比 LSD[②] 效果还强的致幻剂。她把十毫克左右的白色小晶体揉进药草烟里，提议三个人轮着吸。

这些事被详细地记录在恭二的回忆录中。

“迷幻舞曲[③] 缓缓流淌，霓虹灯随之跃动、扭曲，描绘出一幅幅图案，然后消失，光线如同喷涌的水流一样闪烁、迸射、交汇，卷起旋涡，画出万花筒一般的景象，继而消散……等回过神来，我们已经紧紧相依，仿佛所有的界限都消失一般融为一体，互相交合……”

一郎最先醒了过来。

最快醒过来的一郎因迷失自我而感到羞耻，他把自己

---

①二甲基色胺（DMT）第一类精神药品，色胺类致幻剂，药性强。使用途径：口服（与单胺氧化酶抑制剂）、吹入、直肠、吸入、肌注、静注。

②麦角酸二乙基酰胺（Lysergic acid diethylamide），是一种强烈的半人工致幻剂，能造成使用者 4 到 12 小时的感官、感觉、记忆和自我意识的强烈化与变化。一般口服，通常以某种吸取物质吸取 LSD 后再服用该物，也可以通过食物或饮料来服用。

③电子音乐的一种，容易使人产生幻觉。

一个人关在浴室里冲澡。“哥哥离开的时候，原本完整的身躯仿佛被割去了一部分……”

一郎离开以后，恭二仍然沉沦在前所未有的恍惚中，不停地与绫交欢……

第二天。

恭二的将棋水平有了质的变化。

与此同时，那折磨了他一生的精神分裂症发作了。

我从一郎那里拿到了诊断书的复印件，上面写着青春期精神分裂症[①]。一郎说，恭二越接近晚年，严重的幻听和被害妄想症就把他折磨得越痛苦。年轻时候的他最先见到的是士兵。金将、银将、香车、飞车、角形、步兵、王将——他看到了既像人类又像亡灵的古代军队。

恭二的确开始和将棋的棋子们说话了。

至少这些对于他而言是实际存在的。

遵从棋子的指示下棋，他赢的次数也变多了。

可这个病非常麻烦，严重的时候，极端的被害妄想症会从四面八方将他逼得无处可逃。医生给他开了抑制精神病的药，恭二一开始还对这些药有所期待，可后来就拒绝服用了。

①精神分裂症的一种症状，因多发于青春期而得名。

抗精神病药可以缓解精神分裂症，但这也意味着那些幻觉和空想会消失。恭二最害怕的就是无法听到棋子的声音。

比起治病，还是将棋的水平更重要。这就是恭二选择的道路。

那个总是盲目追赶着兄长的弟弟已经消失了。

可是一次偶然的机会，导致他被人们私下的议论声包围了。那次他不经意打开了报纸，上面所有的文字都在摧残着他。于是他选择了休赛。恭二捂住双耳，像只生病的动物一般在床上缩成一团，绫把恭二抱在怀里就像是在保护他，安静地等着他病情不再发作。

恭二的世界逆转了。

从被性与暴力统治的落合小平房来到了充满异界声音的神话世界。

或许对绫来说，这段日子才是最平静安稳的。但一郎为此感到很痛苦，还为之自责不已。

他像个普通的哥哥一样希望恭二能够幸福。

“实在是太羞愧了。”

回忆当时的情景，一郎脸上浮现出了痛苦。

“经过那一晚，恭二就不自觉地踏上了修罗的道路。他和绫互相依赖，尤甚从前，他的棋艺也已经远超于我。而……”

说到这儿，一郎停顿了一下。

但或许是他觉得已经没有必要再隐瞒了，于是又摇摇头接着说道："绫开始拒绝我了。"

如果他说的是真的，那就是说一郎在将棋上输给了弟弟，而绫也被弟弟抢走了。

之后，一郎就搬去客厅的沙发上睡，棋艺也像是遇到了瓶颈一般再也无法提升，而且他几乎每晚都能听到卧室里传来的床板嘎吱嘎吱的声音。周围一切事物都在侵蚀着他。

一天晚上，一郎躺在沙发上，绫突然出现在他身边。

她直截了当地问道："想要我吗？"

一郎根本无法回答。

"你该想想应该怎么办。"

就算她这样说，一郎也还是不明白。

他已经放弃了将棋，接下来应该怎么办呢？

答案依稀就要出现了，也许它就像是人患热病时产生的幻想一样。但它的细节是一郎每晚躺在沙发上一点点填充起来的，它是用一郎自己的力量凝结而成的。

或许说得有点过了，但我联想到了希特勒志愿成为画家的那个时期。对于政客一郎而言，在落合的家里度过的这段时日就和那个时期的感觉差不多。

我问了个刁难他的问题。

“您觉得绫小姐可恨吗？”

一郎为这个问题纠结了很长时间。

他双手向上摊开，好几次打开手指又合拢，就像面前的虚空中有什么东西一样，看也不看我一眼，只小声说了句：“她很可怜。”

在奖励会时期与兄弟俩竞争的佐佐宏介九段好像对一郎的印象更深一些。

“他会在既定时间的三十分钟前准时出现，对局的时候会挺起胸坐得很端正——没想到一个人能否成大器居然也会体现在这些方面。”

在棋界，佐佐是出了名的性格温和，且乐于助人。

第一次和佐佐对局的人面对微笑着下棋的佐佐会觉得很紧张，有时候还会勃然大怒。微笑只是佐佐的常态，倒不是说有什么恶意，但当提到一郎和恭二的时候，就连他也是一脸愁苦地同我讲当时的情景。

“那时我猜一郎会是我将来的对手，因为他一直在坚持学习，棋艺也是日益精进……至于恭二，不如说是个……虽然这个词不太好，但我觉得他就像是哥哥的跟屁虫，并没怎么关注他。”

佐佐的话和一郎对自己的评价有出入。

一郎早就觉得自己不可能在一定的年龄里达到该有

的段位，所以主动切断了自己的棋手之路。根据当时的规定，在二十六岁之前进入四段的人才有可能成为职业棋手。但一郎觉得自己做不到，早已决心从政。

所以，真正有将棋天赋的人是弟弟恭二。

“我们棋手会在一瞬间蜕变，但将棋的棋艺是需要不断地学习和实践才能提高的。”

“不过，”佐佐说道，“恭二的棋艺提升得太过突然了。”

听说原本就不大稳重的恭二，在那一天表现得特别心神不宁。

他的目光既不是向着对手，也不是向着棋盘，而是向着不属于这个世界的地方。

有时候他会对棋子说话，像指挥官挥动指挥棒一样摇摆、震动、上下挥舞双手。在简单的局势中陷入长思，困难的局势却又很快落子。但他明显变强了。而且有时候还会下出在场所有人都想象不到的一步。

很快，恭二就成了职业棋手，他们在落合的家里开了个小小的派对。绫就像过圣诞节似的买来了烤鸡，突然说要为生日不详的两兄弟庆祝生日，各送了他们一本书。或许这就是三人最后的美好回忆了。那年一郎二十一岁，恭二是十九岁，绫是二十二岁。

现在兄弟俩的官方简介里也都说这一天是他们的

生日。

恭二成为职业选手后接连取得好成绩，而一郎却双目暗沉，经常语无伦次地发牢骚。输的次数也变得多了，莫说升段，就连降段都很有可能。

他觉得需早些做决断了。

佐佐尝试说服他留下来，可一郎去意已决。

"我永远也无法忘记那一天。"

据说，一郎在离开奖励会的那天朝着佐佐和恭二两人宣布："——这世界就是个游戏。"

"这句话也是深奥得让人害怕，感觉他有点心术不正……"

也许恭二没能理解兄长话里的意思，所以这些事他并没有记录。但佐佐却记得一郎说了什么。

一郎留下了这么一句令人印象深刻的话。

"听好了——我啊，要创造一个毁灭游戏的游戏。"

* * *

一位观战记者说恭二有异能。

确实，有时候只能用这个词来解释恭二的将棋打法。

有时候，众人都认为是劣势局，他却能找到那一条几乎任何人都想象不到的小小的制胜之路。可有的时候他也会出现严重的失误从而输掉比赛。有时候，他接连放弃三局比赛，好像要不战而败了，可之后又连赢三局。对局中他总是弯着腰，由于角度过于弯曲，那姿势就像把棋盘紧紧抱在怀里一样，他甚至还会无视对手，和棋子说话。

这令他的对手非常困扰。

还有记者将他比作早逝的职业棋手村山圣①，考虑到村山的战绩，这种比喻有些不大合理，但在我们这些知道后事的人看来，这个评价又恰当得有些讽刺。

他在职业生涯的第五年获得了龙王位②。考虑到恭二的才能，这个年数倒也算是合理，但如果把不战而败的次数也算进去，这个数字就很惊人了。

恭二在淘汰赛中获胜，得到了挑战龙王位的资格，经历两胜一败后，又接连两次放弃对局，不战而败。

在与职业生涯紧密相关的头衔战放弃对局，这本身就是件闻所未闻的事。

而且比赛是七局定胜负，他选择不战而败，主办方的面子都快挂不住了。实际上将棋界对此颇有争议，但恭二

---

①日本职业将棋手，出生于1969年，1998年因癌症去世，享年29岁。他师承森信雄六段，去世前获赠九段，与著名将棋手羽生善治齐名，被称为“东天才、西怪童”，其中西怪童指的就是村山圣。

②日本将棋有八大正式比赛，包括龙王战、名人战、叡王战、王将战、王位战、王座战、棋圣战、棋王战，对应的胜者就有八大头衔，龙王就是其中之一。

后来还是获得连胜，成功登上龙王之位。

话说回来，与倾向于理性思考、习惯深思熟虑的一郎相比，弟弟恭二似乎有着天真烂漫的一面。他在龙王战即将开始的时候，对记者这样说道："人们总会问，你真的在和棋子说话吗？"

和棋子的对话。这是采访还有杂志新闻中必定会涉及的。

"当然了，我是真在和棋子说话，不对，应该说是在和它们真正的形态对话。而且，还差一点点……再差一点就到了。"

"到？到哪里去？"

"将棋有千年的历史，那千年的时光里，不断有流血，有无数人死去。我想把所有的战争都压缩、凝聚起来，重现在棋盘上。"

"这样做，会带来什么结果呢？"

"可以看到暴力的终结。我也说不清……但这战争的结束不仅仅是对我一人而言，对任何人来说都是一样的。我啊，要通过将棋这个游戏，再次创造神明。"

恭二的这些话逻辑太过跳跃，很难读懂其真正的意思，但有一点可以确定，那就是他主张将棋可以干涉外部世界。

我觉得非常相似。

在落合织部家的这个丛林中，他和哥哥一样想要改变这个世界的规则，只不过他要从另一个突破口来改变。

——但是，这不奇怪吗？

“什么奇怪？”

——将棋不正是战争本身吗？

这个看法很合理。恭二也笑了。

“这样说来还真是，确实奇怪。”这时恭二说道，“还差一点。”

就算只差一点点，可想要到达那个境界，还是需要再等十年。第二年恭二就失去了头衔，之后很长一段时间他都处于人生低谷，萎靡不振，被恶化的病情困扰。而这些都是因为一些意外。

那身处弟弟光环之下的阴影中、被众人忘却存在的一郎，有所行动了。

正如蝉在地下深处静待蜕变一般，一郎不断地学习，做兼职，通过了大学入学考试，考上政治学专业，然后精明地借着织部家的门路，在毕业的时候成了大崎了卫议员的秘书。他终于离开落合，搬到了荻洼的房子里。

听到这件事，绫也为之一动。

她也作为议员秘书来到了大崎的麾下。还突然搬进了一郎的公寓。当时一郎二十八岁，绫二十九岁。

恭二一个人被抛弃在了黑暗中。

绫是一个怎样的人呢？

从她少年时代的逸闻来看，估计是个非常古怪的人，应该也可以诊断为人格障碍。还有人说她一直在服用大量的抗抑郁药。可以确定的是，她拥有非比寻常的才能。

比起一郎，绫似乎更适合做一个议员秘书。

从各项工作手续到与后援团的交流、应对压力集团①、组织街头活动、撰写演讲稿，还有最重要的分析与把握党内各股势力——这其中的大部分事情大崎都交给了绫。一段时间以后，大崎已经离不开绫了。

让大崎离党，助其另立新党的也是绫。

由于在野党和执政党处于眼花缭乱的更替混乱期，大崎在选举中愈发不利，于是绫就煽动立场相同的议员们拥立大崎为党首，而后，从日常动作到说话方式，她把大崎训练成了一个一流的政治鼓动者。

新党的政策是绫制定的。

其中的经济思想乍看像"左倾"，但又带有一些新自由主义的味道，非常神奇。当时国内形势多变，这个路线就钻了空子。大党派之间互相牵制，其他小党派只知道

①某些西方国家中为实现某种特殊的经济和政治利益而向议会、政府施以政治压力和影响的社会集团。这些团体或组织通过舆论、资金等手段积极参与政治过程，影响公共政策的实施，但并不谋求正式控制政府。

为了批判而批判，而另一边，新党派却出人意料地获得了十七个议席。

一郎也位列其中。

自他离开奖励会，已经过去整整十年。

没有一个党派的席位超过半数，他们只能与新党联合。新党当即同旧执政党合作，这样，大崎就坐上了文部科学大臣的位子。

一郎以辅佐大崎的名义，不断和官僚们加深关系。

这时候开始，一郎就不顾党派差异出现在各地的右派势力团体中，对此，部分支持者非常惊讶，但这才是一郎的起点。

他所求之物，是改变世界规则的方法论。为此，他需要和官僚还有议员们建立沟通的渠道。

时间很紧迫。

敌对势力和媒体记者在到处调查他们年轻时候的事，总有一天他们会因为那些往事倒台。一郎觉得不能犹豫太久了，在那一刻到来之前，要么实现野心，要么一败涂地就此消失……话说，“他”现在怎么样了？

另一个兄弟。

独自一人被抛弃在黑暗中的那个弟弟。

这房子一个人住太大了。一郎和绫都不在了。这时，恭二想起了那个被大雪封锁的北海道孤儿院。

那里设施简陋。破旧的汽车，方形的塑料壶，生锈的长凳在外面堆积如山。裂开的窗玻璃用胶带贴着，风从各处灌入。早上到外面去给水管淋上热水，回来后全身冰冷刺骨。

风呼啸的噪声，仔细倾听竟也像是音乐和人声。

煤油暖炉周围成了孩子们争夺的焦点，力量弱小的孩子被赶到房间的角落里，只能与寒冷抗争。但一郎总能抢到位置，然后让给恭二，他自己在角落里读书。

夏天到了，这次要去帮牧场干活。一郎和恭二浑身沾满牛粪，不停地工作。有条长长的公路一直延伸到另一端的地平线，有时兄弟俩会站在路上，用手指着远方。一郎总说，我要到那一端去。

兄弟俩几次想要逃走。

可每次都被村里人逮到，带回孤儿院。村里人对孤儿院的孩子们很有敌意，说孩子会破坏田地、偷盗作物，所以他们一找到两人就无情地拳打脚踢，弄得半死不活后才装上车，扔在孤儿院门口。第二天，农作物还在。

也是在那个时候，来北海道旅行的织部夫妇注意到了一郎。他们虽然有个女儿，可她从那时起情绪就有些不稳定，常在壁橱里用绳子绑着自己，一个不注意又全裸着出现在路人面前，种种怪异行径太过惹眼，所以夫妻俩根本没对她抱有希望。

他们年纪也大了，希望后继有人，此时他们看上了会把火炉让给弟弟、自己在房间角落里读书的一郎。

二人想领养一郎，但一郎也有条件，就是要把恭二也一起带走。夫妻俩没有金钱上的顾虑，想着这么做或许对一郎也有好处，于是就答应了。

一郎当上议员之后也一直在给织部夫妇寄生活费。

在夫妻俩看来，这点钱根本微不足道，但一郎似乎很感激他们答应了自己的所求，把自己和弟弟带到了东京。

说起来，自从绫离开之后，恭二完全没了生气，他失去了龙王之位，不战而败的次数也与日俱增。他只要去下棋就能赢，所以不会降段，可联盟一定不希望有这种棋手存在。他们甚至还要解雇他。虽然大家都知道恭二有病，但他们的理由是：既然他一直拒绝治疗，那就说明他不想改变对工作上的怠慢。

这时佐佐站出来保护了恭二。

佐佐之前经历过一次离婚，状态也因此出现了问题，但他本人对此置若罔闻，很快又拿了好几个头衔，人们甚至私下议论这人是羽生[①] 转世。他用这些成绩当盾牌，维护着

①羽生善治，生于1970年，将棋棋士。通过头衔战获得数位列历史第一。所获冠军和荣誉众多，被誉为将棋史上最强棋士之一。天赋异禀，反应能力极其迅速，外号“东天才”，与村山圣一起被称为“东天才、西怪童”。

恭二。不过在佐佐看来，他对恭二并没有什么情分可言，硬要比较的话也是更喜欢一郎多一些，但有件事只有顶尖职业棋手才懂，那就是佐佐极为钦佩恭二的将棋棋艺。

恭二的将棋。

佐佐一门心思想要守护从恭二手里下出的那些妙手和他的奇思妙想，所以他坚持保护恭二。有时候去落合的房子里劝他吃饭，有时候自己去咨询精神病医生，他病情严重的时候，佐佐还会把药混在果汁里帮助恭二服药。

可这些付出始终没能打动恭二。

兄长的离开，绫的背叛。

这些现实掩埋在强烈的幻听和被害妄想症之下。

恭二就是从这时候开始写回忆录的。在没有对局，且症状有所缓解的日子里，他还会继续写手记。

这段时间恭二很难得地去找了精神病医生，提出了一个令人震惊的要求。

“给我开点安慰剂[①]。”他说。

从前没有患者提过这样的要求，医生也感到很为难，但恭二说，我不能失去幻觉和空想，但真到了非常不安的时候，服用处方药的确能起到镇静的作用。所以，干脆就给我开点安慰剂吧。

---

①没有治疗作用，但让患者相信其有药物成分的物质。目的是起到安慰患者的作用。其发挥作用的关键是患者充分信任医生及自我暗示。

医生知道恭二是认真的，于是决定认真对待此事。

“在日本，是不能开安慰剂的。”医生回答，“目前只能在新药的临床试验时使用，不能把它当成抗精神病药开给你。而且，要是患者自己知道这是安慰剂那也就没什么效果了。”

最后，医生还是给他开了一剂药。

我对这件逸事很感兴趣，就找到了恭二去的那家诊所。当问到关于恭二的事情时，对方只敷衍地回答说这会违反我们的保密规定，所以不能告诉您，如果真的想知道的话，就请您和患者一起过来。可恭二早就是个已故之人。

“那就请告诉我一些一般常识吧。”我说，“在那个时代，如果患者要求开安慰剂，医生会怎么做？”

“视患者的情况而定。”

我等着下文，可这好像就是对方全部的回答了。

“……比如，怎么去界定患者的情况呢？”

“根据症状和性格，如果是症状较轻的患者，就和他解释一下然后请他回去，如果对方坚持的话，就开一些维生素。双相障碍……也就是躁郁症的病人估计不会提这样的要求，但如果是一些特殊职业，比如占卜师或者心灵疗愈师[①]，总之你就当是有部分人不希望消除幻觉和

①心灵疗愈师不同于心理医生，不能为患者开处方药。

空想吧。”

“别把我的名字说出去。”医生提醒我。

“要根据病状来看，如果是我的话，会开一些药性较弱的抗抑郁药。”

虽然这不能作为确切的证据，但估计恭二当时拿到的就是抗抑郁药。

而且，自从他开始写手记之后，就像是获得了一种类似职业疗法[①]的效果，渐渐恢复了往日的战绩，不战而败的次数也慢慢减少，不久后再度于头衔战中声名大振。

他下将棋的时候也和之前有些不一样了。

虽然还是弯着腰，但看也不看对手一眼，只和棋子说话，但少了不自然的长思，也没有再出现过严重失误。不过这不意味着他失去了那些神奇的思想和妙手。

他的棋下得更加沉稳了。

因为他自身的幻想世界和现实世界开始调和了，这恰好是在他说“还差一点”之后的第十年。恭二披荆斩棘，拿下了棋王和王位两个头衔，这段时间里他终于升到了八段。

---

①职业疗法，是指在辅导生活适应困难者从事有意义的职业活动，提高其个人价值感、自信心，帮助他建立个人的社会人际关系，使生活变得有目标、有方向。可用于躯体和心理功能失调患者的康复训练，帮助他们尽快凭自己的能力来完成日常生活活动。

“从这时开始，棋盘上的幻象就变了。”他写道，“进击的士兵有时候会变成狼和狐狸，有些时候是花和树木……我不知道为什么会这样，但与此同时，我的成绩又提高了……”

然而在将棋界，恭二仍是“问题儿童”。

在选拔王位战挑战者的联赛中，他和小此木九段进行了比拼。小此木是曾经的顶尖职业棋手，还担任过理事一职，只是过了巅峰期，成绩没那么理想了。

此前，恭二总是公然辱骂几乎每周都沉迷赌高尔夫球的小此木。

但那天坐在他面前的是一头野兽。

估计是因为进入联赛认真起来了，到了中盘，小此木和恭二仍然是胜负难分，两人在棋盘上进行着激烈的攻防战。

盯上头衔的顶尖棋手是如此难缠。

恭二明显很享受这次对局。他兴致勃勃，瞳孔也开始放大。有时还会笑容满面地俯视棋盘。

但均势的局面崩塌了。小此木算错了，因一记双打吃[①]丢失了攻击的要冲。

①围棋术语，指一步棋同时可以攻击对方两颗子。由于对方一次只能移动一颗棋子，所以无论如何也会有一颗子被吃掉。

“别开玩笑了！”恭二在下角[1]的同时，站起来大叫，“将棋这个游戏——一旦棋子之间的连续性被切断就会流血！”

然后他就宣布投降了。他这么一投降，小此木也有脾气了。对方已经下出了制胜一击，却投降了，这简直是耻辱。于是小此木也宣布投降，两人都说自己输了，固执地不肯让步。

而处理双方都表示投降这种前所未有的局面之人，又是佐佐。

佐佐那天的比赛早就结束了。他看了眼盘面，低声说：“嗯，应该是不能让的。”拍拍恭二的肩膀，“恭二，这种时候要给老人家留点面子。”

“可是——”

“而且，现在该轮到小此木先生下了，要是你想投降的话，必须在那个角下完之前才可以，现在角已经下完了，所以你再固执也没有用。”

然后佐佐就对着小此木说：“您看这样可以吧。”对方也同意了。

“对了，前段时间我买了个新球杆，周末能来陪我打球吗？”

①指下将棋时在棋盘上移动名为角形的子。角形可以沿着对角线行走任意距离，但不能跨过别的棋子。

“当然了。”小此木微微一笑，“打高尔夫我可是不会输的哦。”

温和的笑声像细细的水波在棋手之间荡漾开来，只有恭二仍然愤怒地杵在那里。

就这样，恭二获得了头衔战的挑战权，又连胜四场夺得了王位头衔。

并且，他终于得到了自己真正想要的东西，那既不是头衔，也不是段位。让他牵挂着的事永远都只有一件。

绫从一郎身边回来了。那时恭二已经三十六岁，绫也三十九岁了。

绫和佐佐商量了好几次，是关于共同照顾恭二的事。比如互相交流他的病情和下将棋的状态，绫有事的时候佐佐帮忙去看望一下等。对于绫秘密和佐佐联络一事，恭二心里有些不安，但他没有说出来。

到了现在，迟钝如恭二也觉察到了佐佐对自己的付出，但是他不知道该怎么回应。他自始至终都只有将棋。那才是他唯一的支柱，也是最令他自卑的东西。结果，恭二变得越发迷恋将棋。

佐佐就是在这时知道了兄弟间的秘密。

他看到了恭二写文章的记事本，还偷偷地看了记事本中的内容。

极其重视伦理道德的佐佐对于里面的内容，尤其是三人在落合的生活，实在无法做到视而不见。但他明白，这手记的存在很有可能导致兄弟俩身败名裂。

左右为难的佐佐没有做出决断，只将数据转发到了自己的网盘里。

某个时候他问了绫："为什么你要玩弄兄弟俩的命运？你有这个权利吗？"

绫这才说出了自己和父亲打赌的始末。

"别告诉那两个人。"

佐佐不知道怎么回应她，因为他无法做决定。他渐渐看不清什么是对什么是错了。绫看准时机，抱住了视线飘忽不定的佐佐。

"你过来探病，也不仅仅是为了恭二吧。"

* * *

一郎再次失去了绫，但他已经过了那个会为之心慌的年纪。

总有一天恭二会复活，到那时绫就会回到恭二的身边吧，一郎一直有这种预感。但比起这个，对他而言目前在进行的那个计划才是最重要的。

一郎的野心。

他利用自己和官僚还有右派议员之间的关系，创立了用当时渐渐投入实际应用的量子计算机构建的量子历史学这门理科学科。

这就是他口中那个“毁灭游戏的游戏”的第一步。

在过去的历史学研究中，学者们都要搜罗大量文献，分成第一手资料、第二手资料，整理有矛盾的记述，再靠着一点直觉，用人力编成一部历史。但第一手资料和第二手资料是很难区分的。就算是最原始的史料也有可能是伪造的，它会受当时文化背景的影响。给史料分等级的这种心理就是一个黑匣。而且第一手资料中可能包含了第二手资料，第二手资料中也可能包含第一手资料。

一郎举了孟德尔的例子。众所周知，孟德尔用豌豆做实验——在区分皱粒豌豆和普通豌豆的时候是全凭直觉的。

这样的话，那就没**有什么学科比全凭直觉的历史学更不科学了**。

一郎就是这么认为的，所以他篡夺了历史学这个领域。

这是有原因的。

日本与周边各国的历史之争，这些问题依然困扰着政治家们。

要理清楚这些事情，就不能把历史学交给那些文科学者，而应该交给理科学者。一郎到处宣传这种思想，采用迂回战术慢慢铺垫。

量子历史学的核心是这样的：

首先，废除区分第一手资料、第二手资料的制度，平等对待所有资料。然后一篇篇地建立节点，构成一个网络，搜罗所有节点间的依存关系，再以文章为单位评价其可信度。这样做，就能过滤伪史中的正史和正史中的伪史。

不过，如何从中找出一部历史，就是计算机不大擅长的 NP 难题[1] 了。

因此，需要将所有文献导入到量子计算机里，生成重重叠叠的无数过往。再运行一个叫作“量子蜜蜂”的搜索引擎，用既定的标准筛选出符合条件的历史。

他就想通过这种方法来生成一部历史。

一郎说：“唯有此时，才能看到暴力的终结。”

恭二把千年时光压缩在了棋盘的内部世界里，一郎则是从历史本身着手。两兄弟的方法虽然大相径庭，但最终的目标是一致的。

这样一来，外交问题也会变得简单一些。一郎在各党派之间培养势力，发展事业。

Web 档案里还保留着一郎当时的演讲，题目是《走向

① NP-hard，指所有 NP 问题都能在多项式时间复杂度内归遇到的问题。其中，NP 是指非确定性多项式（non-deterministic polynomial，缩写 NP）。所谓的非确定性是指，可用一定数量的运算去解决多项式时间内可解决的问题。

下一代》。

“我们必须对下一代道歉。”台上的一郎首先说了这么一句话。

“历史问题……整整一个世纪了，还是没能解决。我们互相篡夺历史，制造新的流血与牺牲。我们要对下一代道歉——”

麦克风被观众的吵嚷声影响，声音暂时中断了。

背后的屏幕上映出了一些资料。web 视频的低分辨率和图像压缩导致我无法看到资料内容，不过一郎说了一下概要，他是这样总结的：

“量子历史学不仅仅是一个学术领域，它其实是个楔子，可以终结接连不断的憎恨，可以终结接连不断的流血！”

这时，有个男人挣脱束缚，来到了台上。

我们后来才知道这个男人是一名乡土史学家，叫作有田勇。有田拿着小刀，刺向了台上的一郎。一番搏斗之后，一郎的手被砍伤了两处，而有田被制服了。一郎拒绝处理伤口，将受伤的手举过头顶。

“让它成为最后一次流血吧！”他喊道，“成为我们历史中的最后一次流血，让流血到此为止吧！”

这一发言打动了听众。一郎得到了大量的研究资金，他用这笔钱扩充了量子历史学的研究。

这一系列的研究得到了意想不到的副产品。

有位学者说，自己在研究开发的过程中发现了将棋的完全解。

这个人是一位叫作吉泽海里的计算机科学家，他公开了部分算法，又向联盟申请与顶尖职业棋手恭二对战。

一郎的心情很复杂。

如果吉泽说的是真的，那别说恭二了，再顶尖的职业棋手也赢不了。他不忍心给好不容易恢复过来的弟弟下最后通牒，但是脑海中又掠过绫再度离去的身影。而且，如果计算机真能战胜顶尖棋手，那正好可以为量子历史学做宣传。

“将棋这游戏，在王被吃掉后就结束了，可现实不是这样的。”

一郎向吉泽和将棋联盟表明了自己的主张。

“希望你们能唤醒沉迷将棋的恭二。”

对联盟来说，这无异于晴天霹雳。

本来将棋程序就快要赶上人类了，有时候还能打败A组棋手[1]。一直以来棋手们都假装没有看到，也不和电脑对

---

① A组一般是将棋顺位战中的概念。将棋顺位战中，比赛分为A组、B级1组、B级2组、C级1组和C级2组。分别进行比赛，其中A组选手实力更为强劲，该组头名可获得向前一年度名人获得者发起挑战的挑战权。

战，就在业界内凑合着互相切磋，但如果完全解都算出来了，那事情的性质就不一样了。

为了立刻让他们放弃对局，联盟表示要解雇和机器对局的棋手。

这样一来，就没有棋手敢和电脑在现实生活中对局了。他们许多人从小就下将棋，他们只有将棋这一条谋生之道，而联盟就是考虑到这一点才会发表那个声明。

但那也不及兄弟间近三十年的爱憎。

恭二也觉得该和哥哥做个了断了。

将棋的完全解是先手胜还是平局呢？吉泽隐瞒了这件事，但恭二觉得先手必胜。如果对方下的将棋是最完美的，那我也必须下得毫无破绽——不，或许只有在那时候，我才能到达那里。

恭二心中那个幻象最后的情景——神的再创造。他要到达的就是这个境界。

“哥哥是只落水狗。”

恭二下定决心后，就告诉了观战记者。

“他仍然对以前比不上我的事耿耿于怀，我要接受挑战。”

于是恭二就被联盟解雇了，两个头衔也都打水漂了。

这时候就连佐佐也没办法再维护他，他就申请以见证人的身份旁观恭二的对局，联盟同意了。

不过，这背后是有条件的，佐佐被小此木等理事叫去，对方下了这样一个命令。

“恭二快输的时候，你就暂停比赛。不管用什么方法，故意找碴儿也行，拉电闸也可，在茶里放点安眠药也无所谓。”

“可是，”佐佐反驳道，“恭二自己才是最期待这比赛的人。”

“这不是他一个人的事，”小此木没有理会他继续说，“将棋有千年的历史——守护着这段历史的是那些计算机科学家吗？是那些政治家吗？都不是，是我们棋手，棋手才是钻研棋、沉迷棋，一直守护着将棋世界的人！”

“学者也是如此。”

“恭二背负着什么？是棋手的尊严吗？是人类对计算机的不服气吗？都不是，恭二他背负着过去与未来的所有龙王、所有名人和王位，背负着那些因实力不足而失败离去的棋手所有的失意、痛苦、懊恼，恭二背负的正是我们所有棋界中人的意志！”

佐佐无言以对。

小此木说得也有道理，而且佐佐身为联盟的棋手，无法违逆理事们的想法。一切早已有了结论。

“……我会尽我所能。”

“只许成功，不许失败。”

其间恭二的病情恶化了，所以对局中绫可以陪同。出于恭二的要求，所以比赛既不是七局，也不是五局，而是四局定胜负。双方轮流先手。

联盟不提供比赛场地，所以比赛就在东京的一家旅馆举行。

微微有些高的八寸榧木棋盘，四台计算机和散热器被运到了这里。帮计算机放棋子的是一郎，他主动承担了给弟弟下最后通牒的角色。“毁灭游戏的游戏”——它的前哨战。

就这样，对决开始了。

最纯粹、最扭曲的兄弟对决，开始了。

但“毁灭游戏的游戏”到底是什么呢?

这点我一直没弄明白。

当我重新问的时候，一郎却平静地答道：“我已经说了。”所有的计划——虽然最终没能实现，但其具体细节他确实已经向我说明了，可我还是无法理解。

“您的意图……”我吞吞吐吐地继续问道，“我想知道您口中那个计划的背景，或者是意义之类的。”

一郎思考良久，终于开了口。

“您看了恭二的回忆录吗?”

“是的。”

“里面应该会写到孤儿院时候的事。对那时的我们而言，抢暖炉就是生死攸关的事。我们想方设法地抢位置取暖——却怎么也抢不到。”

“为什么？”

“恭二他不懂，当时，孩子们之间存在着权力的游戏。帮派中有一个头领，大家一起抢到位置后，就开始依次取暖。这就是孩子们之间自然形成的规则。”

头领一定会要那个最暖和的位置。

而其他成员就按次序取暖，地位越低机会就越少。

一开始，一郎似乎想要加入这种帮派，但他们是新来的，体弱的恭二怎么也取不了暖。于是一郎就准备瓦解这个团体。

“老大横行霸道，众人都很厌恶他，但老二人品好，有声望，我就开始煽动老二。”

一郎将孤儿院的帮派分裂成了两派，但他自己不属于任何一方。

因为他想趁着两派互相争斗的间隙，为恭二抢个好位置。

“我一开始非常憎恶这种抢暖炉的游戏。要是大家都不抢，把位置让给身体弱的人就好了，要是老大能率先为恭二让个位置就好了。但这是不可能的，要想让它成为可能，就必须打破规则。这个时候我就懂了：能毁灭游戏的，只有游戏。”

本来，这件事一直尘封在一郎的记忆深处。

但是将棋输给弟弟、被绫拒绝的那一天，他突然想起了少年时期的这个感悟，然后很快就被它缠住了，不知从何时起他开始将它和社会等级联系在了一起。

“在落合那个昏暗潮湿的房子里，我一直想着这件事。一开始我想的是，体系本身就包含着自毁因素。”

“稍等一下。”我不禁打断他。

“可这个体系崩溃后，还会有别的游戏来取代它。”

“正是。”一郎表示赞同，“所以，能毁灭游戏的游戏，要有可以不断自毁的性质。”

真有这样的东西吗？

但我还是选择保持沉默，等一郎继续说下去。

“然后我就想，能不能做出这样一个游戏，玩家越是按照规则来，最后就越是不自觉地采取不符合规则的行动？”

“这是……‘囚徒困境’的一种吧。”

“可以这么认为。”

囚徒困境是出现于1950年的著名博弈论问题。警察让分开关押的两个囚犯自己选择坦白或沉默，如果两人合作保守秘密，判的刑就很轻，但如果两人优先考虑自己的利益、互相背叛的话，就会受到严重的刑罚。

“感觉不大可能。”我坦言道。

"不，这是有可能的。"一郎摇摇头，"也就是说，在这个游戏里，拒绝游戏对玩家来说才是最优解……不对，应该说越是参与游戏，越容易被真实世界排斥，被迫生活在神话世界……不知何时我脑中已经出现了这样一种政治哲学。"

我又想叫他等一等，但还是没有说出口。我不明白。

"……对你来说，游戏装置就是量子历史学啊。"

"是的。"

我想要找到一些突破口，就从另一个角度问他。

"请告诉我您为什么会得出这样一个结论，比如说，有没有什么您参考过的历史人物？"

"也不能说是参考……"

一郎拿出了彼得·比尔德[①] 的摄影集。

上面写着硕大的标题"THE END OF THE GAME（游戏的终结）"。

拿起来刚打开，就看到一堆死尸。不是人的尸体，是大象的。这是对非洲地区猎杀大象的记录。

出生在纽约的比尔德移民到了肯尼亚，他一直在拍摄那时大象遭到滥捕滥杀后留下的尸体。

---

① Peter Beard（1938—2020 年），美国知名摄影师，野生动物倡导者。1965 年首次出版摄影集《游戏的终结》（*The End of The Game*）。在这本摄影集中，他首次表达出了对非洲荒野及脆弱生态的热爱。

“我以前不明白为什么这本摄影集会吸引我。”

一郎的目光落在相簿的页面上，低声说道。

“可每当遇到困难的时候，我一定会拿起这本摄影集，凝视着它。我就是在这个过程中，逐渐加深对量子历史学的思考的。”

此时我突然感觉后背一凉。

——给两人各送了一本书。

——或许这就是三人最后的美好回忆了。

“这，难道是……”

“嗯。”

一郎不等我说完，又继续道：

“这就是那个犹如过圣诞节的日子里，绫送我们的其中一本书。”

* * *

对决将至。

恭二认为将棋的完全解一定是先手必胜，就告诉大家自己会争取做到两胜两负，然而他的身体一天不如一天。虽然接受挑战是他自己的决定，但被联盟开除一事对他脆弱神经的侵蚀却比预想得还要厉害。绫和佐佐想要照料他，他却说了句“已经够了”。

“这一次，病情越严重越好……看你们一脸不懂的样子……因为在这病的尽头，有我所追求的那个地方。”

看到恭二受处分，佐佐就去征集了棋手们的签名，想要起诉联盟非法解雇，但被恭二阻止了。因为他早料到联盟会这样做，“而且这么做，佐佐的处境就会有些危险”。

第一局，恭二先手。

恭二移动步兵棋子的右手上残留着烧伤的疤痕。他少年时与绫交合，在最为兴奋之时将手压到了燃烧的烟头上。之前他第一次参加头衔战的时候，电视台还想用遮瑕膏将伤疤掩盖过去。棋手和其他职业不一样，他们的手要一直出镜。可那时恭二却癫狂似的叫着，一把推开造型师，洗掉了手上的粉底。

与电脑的对战进行到中盘之时，恭二出现了失误，失去了先手的优势。

随着对局的进行，恭二的额头开始渗出汗珠，脸色也渐渐发白。长达八小时的对战，双方的王都已经进入了敌方阵营，可最后仍是分不出胜负。先手没能获得胜利，所以大多数人都预感最后会是电脑赢。但恭二仿佛什么都不在乎，一直说着那句“还差一点点”。

“差一点，就能看到了……”

第二局定于两周后进行。

期间，一郎创立的量子历史学也渐渐做出了些成果。

无数过往在计算机里重叠交织，量子蜜蜂的评价系数会核查它们之间的一致性，从中选出符合一定条件的历史，最后自动生成文本摘要[①]，并将它作为正史。这就是量子历史学的最后一步。

可结果却与支持者们希望的完全相反。他们都相信量子历史学这个领域可以生成一部比较符合他们预想的“正史”。

在此之前，量子历史学也确实做出了一些成果，但由于信息量超过了一定的阈值，最后的结果由总结式的变成了发散式的。

电脑的计算结果表明，符合既定评价标准的历史有无数个版本。这就等于说就连太平洋战争都变成了既存在又不存在的事件。

这就是量子历史学领域得出的结论，这是一郎设下的陷阱。

一郎告诉世人，你们以为的大地，其实就是一个虚空。

于是，互相涂改历史的几股势力就更加来劲了，因为量子历史学证明了他们双方都是正确的。准确来说，是证明了双方既正确又错误。

---

①自动文本摘要就是利用计算机自动地从原始文献中提取摘要，可以帮助我们快速获得一篇文章的主要信息。

自从量子历史学创立以来，产生了无数的伪史，电脑都快要疯了。也因为算法上存在安全漏洞，所以一些势力不断寻找，一些势力不断填补，政治和历史学之间形成了毫无意义的拉锯战。

这一切，都是一郎希望看到的。

在这个时代里，所有人都能选择自己想要的历史。有一千个人，就有一千部历史。

这时候，出现了一句一郎说过的话。这是秘书在他失势后公开的。他引用了印度史诗《博伽梵歌》，准确来说，是转引自参与原子弹制造的奥本海默。

“我就是死亡。”他说，“是世界的毁灭者。”

一郎后面的计划是把这一新的历史观用到拉票中，也就是说，各政党的票数比例将取决于选民选择认同什么样的历史。

可人类所选择相信的历史，已经不是正史了。

应该说，既有正史又没有正史。

一位社会学学者知道这个发散式的结果后，告诫大家量子历史学会导致共同体的崩溃。

但一郎的想法并不是这样的。

历史不可能完全是发散式的，它会像葡萄串那样形成松散的一团东西——用它的话来说就是“流苏”，而一个人所属的“流苏”，会显示出那个人具有什么样的想法和政治信念。

那就是新的神话体系的出现。

从正史回溯至几千年前，又回到了神话的时代。

这就是完整的一个毁灭游戏的游戏。

对战进入第二局。

计算机先手，且始终保持着优势，恭二依然是脸色苍白、汗流不止。在棋盘对面的一郎用眼角的余光瞥见绫一脸担忧地在旁边注视着恭二。这时恭二扑通一声仰面倒下了。

他被抬到了另一个房间里躺着，这期间规定的时间耗尽，败局已定。

恭二躺着的时候好像在不停地说胡话。“还差一点点，就只差一点点了……”可那一点点最后还是没有来。

佐佐不忍心看到这样的恭二，于是他采取了行动。

当然其中也有部分是因为理事的命令。要停止比赛，只能趁他输了一局的这个时候。

但转念又想：既然都已经到了这个地步，不如就让他下完吧，不管最后的结果如何。

绫把梦魇的恭二抱在怀里，照看着他。佐佐不由得移开了目光。

“我该怎么做？”绫不住地问他。

“我的人生，是为你们兄弟二人而存在的——”

绫的这句话令佐佐下定了决心。

他选择了最干净利落的方式，来切断绫和两兄弟之间的共存关系。他在网上公开了恭二记事本里的所有内容，揭露了兄弟俩所有的过去。这史无前例的丑闻立刻引起了轰动，并瞬间扩散开去，同时还有人写了几个新闻。

现在对战已经无法进行。不到一周的时间一郎就倒台了，而失去了靠山的量子历史学也就此被淹没在了黑暗中。

游戏崩溃的时间比一郎预想得早了很多。

恭二的病情没过多久就开始恶化，他最后还是住院了。

自觉野心破灭的一郎为了作为政治家退幕而到处奔走，这时他决定去拜访曾经帮助过自己的织部家。织部夫人已经过世，只有绫的父亲还和用人们一起生活。父亲看到一郎，第一句话就是：“这场打赌我赢了。”

一郎感到有些不解，父亲便说出了二十三年前自己和女儿的赌约。

父亲没有说打赌的前因后果和绫的赌注。那个让一郎心怀感激的父亲却用这世上最恶毒的语气说出了一句话：

“你们就是绫棋盘上的棋子。”

一郎怀疑自己听错了，可与此同时，曾经发生的所有事情仿佛都得到了解释。

在落合的家里一郎追问绫：

“你一直把我们当作打赌的对象吗？”

“不……”

绫试图解释，可声音细弱到几近嘶哑。曾经那些类似恶毒思想的东西都已经从绫的心中消失，现在她只剩下张皇失措。

只剩下一个人在这种情况下最真实的一面。

“我只是……”

一郎的手机响了。是党内在催他赶紧以政治家身份退幕，一郎挂断电话就马上赶了过去，把绫一个人留在了落合的平房里。不久后，绫就纵向割开了左手手腕，在浴室里自杀了。

* * *

“绫死后，我们两兄弟收到了一封信。”

微微带点绿色的信封上，有绫亲笔写的收信人名字。得到一郎的默许后，我取出了里面的东西。首先映入眼帘的是医生诊断书的复印件，然后看到了信的开头写着：“我患有边缘性人格障碍，所以才伤害了两兄弟。”

关于边缘性病例——边缘性人格障碍，既有人说它是先天性疾病，也有人说是后天形成的。它有许多病症，但最常见的是不稳定的、过激的人际关系或者自我损伤的行为，比如浪费、性行为、鲁莽驾驶等。病人情绪不稳定，且容易发怒。

绫写道：

——你们想要终结人类的暴力。

——可这背后有一个事实，就是你永远无法阻止暴力向内部发泄。

我抬眼看一郎，他做了个动作催我继续。

——但这不是说你们兄弟俩缺少了什么。

——只不过是因为我自己有病。

“恭二收到的信里也是同样的内容。”

——你们一定要有一个正常的家庭，回到正常的生活中去。

——这就是我的愿望。伤害了最重要的弟弟们，我感到很痛苦。

“我想知道的是——”一郎的声音宛如低鸣，“我想知道的不是这个，我想知道的是绫为什么会死。不，也不是这个……是我当时的逼问害了她吗？但是，绫明明对这种事毫不在意的啊。不，理性告诉我这才是她的病……”

一郎的声音在颤抖。

“——但如果一切都是因为生病，那我们一直以来到底是在和什么斗争啊？”

信中没有提及她和父亲那个赌约的具体内容，现在看来，估计只有我和佐佐知道那件事。我犹豫着要不要告诉他，可死者都已经选择了不说。

一郎继续道：“话说得好听，可实际上，她从始至终都把我们玩弄于股掌之上！”

说到这里，一郎的心情仿佛终于平复了下来，他静静地垂下了头。

我感觉房间里的温度骤然下降，一郎干咳了一声。

“我觉得，到头来，‘毁灭游戏的游戏’，就是绫这个人本身啊。”

我无言以对，又重新读了几遍绫的信。

一郎估计也曾在这里把这封信读了好几遍了。

“……令弟读完信后怎么说？”

“他觉得很高兴，恭二就是这种性格。”

“您呢？”

“就像刚刚我说的，这信……”

一郎小心翼翼地将信折起来，放在了柜子最上面的一层。然后用毫无感情的声音说道：“根本就是在自鸣得意。”

恭二晚年的时候，枕边总是放着一本画册，是约瑟夫·博伊斯[①] 的作品。他提出了社会雕塑的概念，跨越了现代美术的框架，意图进行社会变革，因此闻名遐迩。

这就是绫送给兄弟俩的另一本书。

失去一切的两兄弟，在封闭式住院楼里见过一次面，并在一起下了局棋。之后恭二就像是紧跟着绫的脚步一般溘然长逝了，所以这就成了一郎最后一次见到恭二。

为保护患者而设的监视器和集音器记录下了当时的情况。

一郎拿到这些数据后一直慎重保管，却在最后的分别之际，把这些数据都交给了我。

“这不是备份，”他说，“终于到了要放手的时候。”

录像中，会面室里的两个人互相说着对方不断变少的头发，回忆着生活在孤儿院时候的事情。一郎和恭二说了最近的异常气象和一些新的地标。

好几次，聊天中断又重新开始。

——到最后，我们到底是被什么缠住了呢？

是神的再创造，还是毁灭游戏的游戏？兄弟俩的结论是一致的，从头到尾缠着两个人的就是绫，可这个绫已经不在了。

“还是没能来个了断呀。”

①德国著名艺术家，以雕塑为其主要创作形式，反对用暴力争取和平。

一郎小声说了一句，从包里拿出了便携式的磁性棋盘。

“这次没有电脑的帮助了，是我和你两个人的对决。”

病房的窗户只开了五厘米的缝隙，初夏温暖的风吹了进来，还伴有鸟雀的叫声。恭二兴致索然地盯着棋盘看了一会儿，然后说“让飞车[①]”。一郎颔首，轻轻拿掉了恭二那一侧的飞车。

恭二微微一笑，移动步兵上前一步。

——这时候一郎看到了。这怎么可能，可那景象又确实存在于自己的眼前。

恭二走出的步兵在跳跃，它所到之处生出了一片草木。不，不但是步兵，每一个棋子都站了起来，悄悄议论着什么，它们脚下生出了绿草，随着对局的进行，形成了一片草地。绿色完全覆盖了廉价的塑料棋盘，就像荒废后的城市。

“佐佐也看到过这个景象吗？”

一郎问道，恭二只是微笑着，没有回答。

“佐佐就是想要守护这个东西吗？”

恭二依旧没有回答。

“这个——就是我想摧毁的东西吗？”

“还没完呢，”恭二答道，“接下来灵魂就会聚集到一

①将棋中的让子规则之一，让子通常出现在双方实力悬殊的对局中。“让飞车”指的就是拿掉强者一方的飞车。

起，形成一个整体，拥有更强大的力量……但如果对手是哥哥的话就不行了，还有佐佐先生。再过一会儿，棋局接近最后关头的时候，双方会竭尽全力厮杀、搏斗，直到战局变得越来越复杂，最后……它就一定会出现。”

通过录像，无法知道两人看着什么讨论着什么。

但一郎对我说他确实看见了那个。

一郎问恭二：“到了现在你还是觉得将棋能改变现实吗？”

“哥哥你才是，还觉得将棋这游戏只要王被吃掉就结束了吗？”

这就是他们最后的对话。一郎把棋盘放在恭二的身边后就回去了。

听说，恭二用了一段时间的棋盘和棋子，但不久后又订购了电脑，几乎每天都在下棋，还是那样语无伦次地和棋子说话。

如今，一郎因为健康问题住在医院里，神奇的是，他就住在弟弟住过的那个病房里。

原爆之局

White Sands, Black Rain

围棋——双人棋盘游戏。棋手轮流放下黑白棋子，比较被棋子围住区域的大小。围棋的规则非常简单，限制也很少，但比起国际象棋和将棋等游戏解析起来则更为困难。围棋没有偶然要素，是一种有限确定完全信息的二人零和游戏。

1

由宇和相田隐退之后，八方社仍十分精明地打着两人的旗号做生意，比如借由宇的名义发行了新定式丛书，等等。事到如今可以挑明了说，这些其实都是由我执笔。因为使用了她的名号，在策划阶段时准备让她校对，但在实施时好像出了点问题。某天，八方社的工作人员来找我，说他们联系不上由宇和相田，问我知不知道二人的消息。

这并不是由宇第一次失踪。

何况这次她和相田在一起，所以不用担心两人的安危。虽然想到要独自完成策划案我就头疼，但对那边的问题，我一点头绪都没有。只能回答说，他们可能会像宠物一样突然跑回来。

我获知两人的行踪完全是偶然。

我因为别的事去了八方社的资料室，那时好久未见的井上隆太正好也在。

在做由宇职业测试的对手时，井上选手还只是五段，但他现在已经年过二十岁，很早就升到九段了，他还赢得了几个头衔，一跃成为话题人物。但他一直没有改变不服输的脾气与自己的志向，我一直都很欣赏他。

我们的谈话自然地转向了对相田和由宇的回忆，突然，井上若无其事地说道："相田老师好像去了西雅图。"

据编辑所说，董事还把他们叫过去训斥，说他们没管理好作者。八方社很重视这个出版策划，却对别的棋手隐瞒了这件事。本应是很简单就能解决的问题，却因此变得复杂了。

"这样啊，那由宇也和他在一起吧……他们现在还在那里吗？"

"我也不清楚……相田告诉过我酒店的地址，但他们好像还要去别的地方。”

——下围棋的人，好像会有各种理由想去国外。

坊门最后一位名人本因坊秀哉也在十八岁时制订了计划，想在美国建功立业；“昭和棋圣”吴清源，追溯其出身可知，他是为了下围棋才从上海来到日本；还有“二战”前为了日德友好而远赴德国的福田正义等人。

古代则有幻庵因硕[①]。因硕与本因坊丈和[②]争夺名人碁所[③]失败，梦想破灭后，虽成了八段准名人，但在嘉永六年（1853年），他曾试图偷渡去中国。

当时的政府禁止人们乘船出国。

因硕带着臂力过人的弟子们，借到了船只，宣称要去长崎的港口祭典夜钓。他趁着夜色试图乘船出海。但是遇到暴风天气，行李也都弄丢了，只能返回九州。他感叹：上天无情，爱吾之才华，故不欲吾往海外乎！

目不转睛地凝视着盘上的抽象并将其归纳后，目光应该会如想要反抗一般转向极远处吧。

“找到了。”

---

①井上幻庵因硕，井上十一世。棋院“四大家”的井上家的掌门，棋力八段，是当时日本棋坛顶尖的高手。

② 1787年出生于日本州水内郡（长野市），日本古代著名围棋手。

③日本江户时代棋界荣誉职称，棋界实力最强者为“名人”，由官方任命为“碁所”，执掌日本棋界的最高机关。

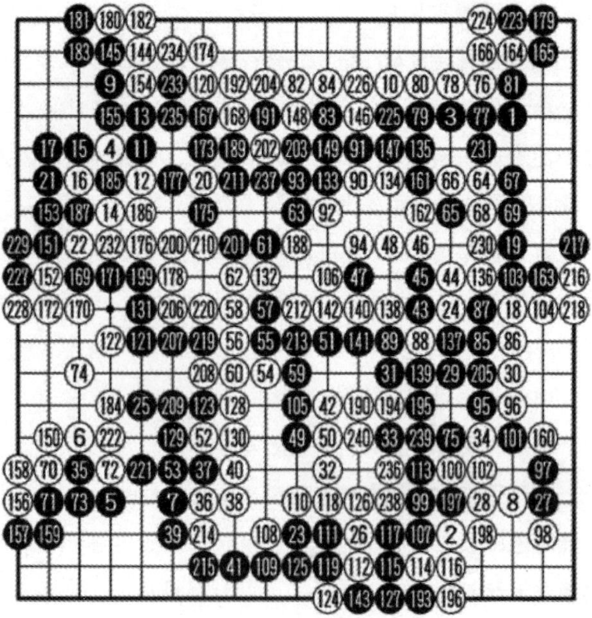

1945 年 8 月 4 日至 8 月 6 日 第 3 期 本因坊战 挑战赛第二局

黑子：岩本薰 七段　　白子：本因坊昭宇 七段

于 广岛市外五日市吉见园 津胁勘市宅

时间 各 0 分 不贴目① 总手数：240 手完 白子胜 5 目

耗费时间 黑：0 分 白：0 分 0 点 0 分 终局

总谱（1—240）

①围棋术语，是指在围棋比赛中，因黑方先行有利，终局计算胜负时，黑方应给白方贴还一定的目数作为补偿。

井上嘟囔着从架子上找出了一份棋谱的副本。据说相田出国前拜托他复印了棋谱。虽然顺序他都记得，但以防万一他还是要和资料室的副本对比一下。

这是一份“二战”时的棋谱。耗费时间那一栏好像记录得不是很正确，写的是 0 分。

执黑的是岩本薰，执白子者则是被称为本因坊昭宇的桥本宇太郎。这是第三期本因坊战的第二局。

在围棋的世界里偶尔会出现一些名局，其棋谱到后世都一直被人解读。比如，弘化三年（1846 年）时，本因坊秀策的“耳赤之局”就是这样。他的对手是幻庵因硕。据说中盘时秀策打出了四通八达的妙手，因硕见到此着后突然间连耳朵都变红了。

抑或是天保六年（1835 年）时为争夺名人碁所地位的对局。因硕的爱徒赤星因彻虽然在序盘时建立了优势，但是对手丈和下出了著名的“三妙手”[①]，致使形势逆转。对局中因彻开始吐血，不久就去世了。这就是世人所说的“吐血之局”。

但是井上展示的棋谱，和这些名局的感觉不同。

毕竟是职业选手的对局，棋子的位置凝结着专业意

①十二世本因坊丈和在与幻庵因硕的得意弟子赤星因彻的争棋中下出的扭转胜负的三手妙棋。这三妙手（68、70、78）被后人称为古今无类三妙着。

识，排布紧密。但是，这怎么看都只是普通的昭和时代围棋。我难以理解相田为什么出国前特地要来核对这张棋谱。井上表情复杂地看着棋谱，不久后他察觉到了我的疑惑。

“也不是没有原因。”

据井上所说，只要是下围棋的人都知道这场对局。但除了职业选手，只有少部分忠实的围棋迷才知道这张棋谱的真正价值。对局里并没有出现让人眼前一亮的妙手，而且没有贴目，以现在的眼光来看有些下法已经过时了。尽管如此，只因一个理由，这场对局现在依旧被人们所铭记。

“是啊。”我喃喃道。

我也听说过这件事，但是没有见过真正的棋谱。

井上点头：“这是昭和二十年（1945 年）的八月六日，在广岛进行的围棋对局。”

——征兵年龄下调，几乎所有年轻棋手都不在了。

包括星野纪、井上一郎、高桥重行、福原义虎、濑川良雄、岛村利博、梶和为、中山繁行、日下包夫、田渊康一、桂忍、卢叶盛美、山本丰、胜本彻、伊予本桃市、杉内雅男、木谷实、藤泽库之助、高川格、坂田荣男、梶原武雄、三轮芳郎、盐入逸造、伊藤仁、濑尾寿、岩田正男、桑原宗久、宫下秀洋、森川正夫。

大家都被赶上了战场，或者被军需工厂征召。因物质匮乏，报纸都变成了一张，围棋专栏自然也被取消了。期刊《棋道》和《围棋俱乐部》合并后勉强维持了一段时间，但很快印刷纸张也不够了。

主要的大城市都成了被火烧过的原野。

在那个时代，连生活都很困难，更别说下棋了。

这种情况下，本因坊桥本宇太郎[①]却比任何人都期待头衔战[②]。

桥本当时三十八岁。

他不是因赢了五番棋[③]而取得头衔。在挑战关山本因坊时，第一局虽然取得了胜利，但关山因为旧疾复发倒下了，重新回来的可能性很小，因此桥本成了第二期本因坊。在他就任本因坊当天，桥本家举行了他六岁长女的葬礼。那时日本军队从瓜达尔卡纳尔岛[④]撤退，东京遭受的空袭更加严重，桥本因此失去了长女。

他无论如何也无法兴高采烈地自称本因坊。

正因如此，桥本非常想赢下五番棋，连任本因坊。

---

①桥本宇太郎（1907—1994 年），日本著名围棋棋手。濑越宪作的弟子。经历过“核爆下的对局”，1950 年脱离日本棋院，创立“关西棋院”。

②自从本因坊家最后一位掌门人本因坊秀哉名人隐退以后，本因坊和名人变成了围棋比赛的头衔战。

③番棋是指两位棋手通过多局角逐以分出胜负的比赛方式。五番棋为五局三胜。

④简称瓜岛，位于南太平洋所罗门群岛的东南端。

决定挑战权的比赛也在秘密进行。

日本棋院里没有暖气，冬天时棋手们裹着护腿，一边发抖，一边对局。当空袭警报响起来时，他们就飞快跑出棋院，钻进山王神社的防空洞里。等警报解除后再回去继续下棋。空袭下的东京，也有棋手在继续下着围棋。

但那也只持续到了昭和二十年的五月份。据围棋史书《坐隐谈丛》[①]记载，“五月二十五日半夜至五月二十六日拂晓，大规模的空袭烧光了拥有二十年威容的日本棋院殿堂，数百组棋盘、棋子，以及藏书、记录、账本、对局计时器、家具等全部化为乌有”。

位于溜池的日本棋院，被空袭焚毁了。

“想要下棋也没有棋盘和棋子，”井上如此说道，“也失去了为维持生活而出门传授技艺的地方。本因坊战连挑战者都没决定好，实际上已经很难举办下去。”

我们在去往西雅图的飞机上。

井上看着窗外的海面。他九岁就参加了北京的围棋大赛，那之后也参加过很多次国际围棋比赛，已经很习惯坐飞机。我让他给我看了他的护照，上面都是签证和进出海关的印章，几乎没有了空白页。

①在日本被称为“围棋全史”，篇幅巨大。

“……如果是你，在空袭的时候还会继续下围棋吗？”

问出口后，我才发现这个问题很不识趣。

“当然会。”井上马上回答道。

“那如果发布了征兵令呢？”

这是所有领域的运动员都经常考虑的问题。比如，如果失去了视力，如果赞助商减少失去收入来源，如果战争开始。但这也是一个微妙的政治问题。我看着正在思考的井上，感觉这个问题似乎有点残酷。

“……在越南战争时，好像有人为了逃避征兵弄断了自己的右手手指。”井上犹豫了一会儿，最后这样回答，“我也可能会这样做。”

“但是这样的话……”

也不能下围棋了。我正准备这样说，却想起井上是右撇子，但他用左手下棋。他说这是为了尽量激活右脑，但是不用更好使的右手来拿重要的棋子，还是让人觉得有点奇怪。我问他：“有没有用左手拿枪的士兵呢？”

如果判断稍微有点不准确，或是手上发生一毫米的摇晃都会影响生死，这就是战场。更何况为了符合右手的使用习惯，手枪被特别改造过。

井上明白我的疑问，他毫不犹豫地指向自己的额头。

“因为我的扳机在这里。”

机内广播通知我们马上就要到达目的地了。

井上正在看英语旅行指南书。但当我问他西雅图有什么值得游览的景点时，他回答说那儿的螃蟹很美味，这完全是答非所问。

一开始，我拒绝与井上同行。

他是忙碌且收入颇高的年轻棋手，而且正值头衔战期间，一局比赛都能让人瘦好几斤。我觉得要是迎合他的安排，我可能就不能自由采访了。加上我以正当的理由从八方社拿到了采访费，而井上是自费。所以我委婉地拒绝了他，然而向来稳重的井上难得地不肯罢休。“如果现在错过了，不知道她又会消失在何处。”他这样说。

“——我还没赢过由宇呢。”

在资料室一起看棋谱时，井上心中的某样东西好像被点燃了。于是，他才想要跨越重洋追寻由宇。

我变得这么积极地追寻这两个人的踪迹，更像是被井上这股热情影响了。

除去在入段测试上的对局，井上和由宇再也没有正式对局过。毕竟围棋棋手很多，即使是争头衔的顶尖职业棋手们，经过调查，他们大都也没有彼此对局过。更何况由宇的职业生涯很短。

因为由宇退役时依旧是本因坊，这一头衔就自然成了空位，于是在联赛中成绩最好的两名选手进行了七番对局，胜者就成为下一任本因坊。胜利的是井上，但他并没有战胜真正的头衔持有者——由宇。

按惯例本因坊应该为他起一个雅号，但井上拒绝了。

他现在仍用着本名“井上隆太”，也正是出于这个原因。

每个棋手都想获得头衔，但是大部分甚至都进不了决定挑战者的循环赛。尽管这样，取得最后胜利的井上却不愿意自称本因坊，这实在是讽刺。

井上把自己的经历与桥本宇太郎重合了。

就是那个因没有下完五番对局、导致梦寐以求的本因坊之位失去了色彩的桥本。

随着棋院被烧毁，历史悠久的本因坊的灯火似乎也要熄灭了。

此时，桥本的老师，也就是围棋界老前辈濑越宪作[①]则在为了组织棋赛而忙碌。

他也可以说是一名不走运的棋手。濑越曾被称为天才少年，在进入职业圈时直接跳升三段，甚至还和本因坊秀哉下过定先[②]棋，在当时的家元制度中，本因坊是顶点，

①濑越宪作（1888—1972年），是日本近代屈指可数的围棋大家，曾任日本棋院理事长。

②在无贴目时代的对局形式之一。是指棋艺水平有差距者对局时采用的形式，即下手与上手对局时始终执黑。

他没能得到与实力相称的荣誉。而等到秀哉隐退时，濑越棋手的实力已经衰退了。

他在联赛的成绩是零胜四败。

濑越在故乡广岛四处奔走，寻找可以举办本因坊赛的场地。在与广岛支部的藤井顺一商量后，藤井觉得这是一件很光荣的事，于是主动要求在他的宅邸举办比赛。

但那段时间警戒、警报和空袭警报响得最厉害。特别是岩本薰[①] 身负官职，非常忙碌。而且交通情况也不太好，有时桥本过来了但岩本刚好离开，或者岩本过来时桥本却回去了。所以总是无法安排两人对局。

当时在东京喝不到酒，所以大家决定为嗜酒的岩本备上酒。听说去山口能买到酒，濑越和桥本，以及海运总经理矢野五段，每人给他买了一瓶酒，总共三瓶。

又等了快一个月，两人终于碰面了。

——挑战者岩本比桥本还大五岁。

从年龄上来看，这可能是他获得头衔、名垂青史的最后机会。

但岩本在之前也有过长时间的低谷。岩本升到六段后，二十八岁时他为了经营农场搬到了巴西，但是没赚到钱；第二年他试图靠卖彩票谋生；三年后，他重新回到棋

①岩本薰（1902—1999 年），日本著名围棋棋手，曾任日本棋院顾问。致力于向外国人推广围棋。

院时几乎身无分文。

接下来岩本的苦难生活开始了。

他虽仅仅只有数年的空白期，但对于棋局形势的判断力已大不如前。后来他说，“万事万物都有其最佳时期。没能把握最佳时期好好成长就会失败”。——实际上，岩本花了十年才恢复实力。那之后，又过了三年。

终于，岩本离本因坊头衔只差最后一步。

濑越担任了见证人。考虑到旅途劳累，大家决定在三天后举行对局。到达的晚上，岩本小口小口地喝着为他准备的酒。原本岩本就很爱喝酒，他说这晚的酒格外美味。桥本试着喝了一口，却发现这些酒都快变成醋了。

2

汗水滴在了桂木棋盘上，即使这样我还是向前探身。五十目，不，输了六十目。我很喜欢这个游戏，连职业棋手给我下指导棋也只会让四子。

“我输……”我刚欲开口。

“我们可是约好负百目才能认输。”美国人对手强调。——我们在赌棋。我注意力被打断，又下了一子。忍不住“啊”了一声。刚刚我不小心看漏了一处连刚入段的人都知道的棋筋[1]，自己把明明还活着的棋子杀死了。

“不管怎样我都会输百目了。”

一目十美元，百目就是一千美元。我本以为顶多是盘面胜负[2]，输也就输几十美元。是我太大意了。我是记者，不是棋手。但在与由宇和相田、井上这些顶尖职业棋手交流时，我失去了初心，误以为自己下棋也很厉害。

所以，我被这名自称知道由宇去向的男子的花言巧语蒙骗，答应了和他赌棋。

可能因为这一场景很少见，有些人在一旁围观。柜台处传来咖啡壶的声音。这是一家围棋会所，光亮的圆桌子排列整齐。这种休闲的场景让气氛缓和了很多。

这时，井上从美国西部围棋中心回来了。他盯着棋盘，然后说道：“你这是从序盘开始就掉进陷阱了。”

“我知道是嵌手[3]，但要怎样下……”

“在三线[4] 下一手。”

他这样提示后，我也没看出端倪。我开始讨厌起自己的围棋水平太低。

---

①指的是对棋形死活、双方胜负至关重要的一颗或数颗棋子。

②此处指围棋计算胜负时的术语，用于计算胜负时，将对局的总子数与全局交叉点的半数相比，如总子数不足，称为“盘面不足”或“盘面负”；如总子数较多，称为“盘面胜”。

③围棋术语。布下陷阱诱人上当的看法。有时亦称欺着。

④指围棋棋盘从下往上数第三条横线。

“……有什么收获吗？”

“他们好像是来过这边，还下了好几天指导棋，但不知道现在去哪儿了。”

相田和由宇的确在井上记忆中的酒店逗留过，但他们现在出门了。我给酒店留了口信，又和井上分头行动，去他俩可能会去的地方转悠。

西雅图有日本棋院的围棋中心。

这是岩本薰在世界各地设立的支部之一。围棋中心的大门上张贴着之前提过的、“二战”结束前那场对局的棋谱。职业棋手井上在那种地方比较容易交涉，我则去街上的几家围棋会所打探，结果就成了现在这样。

我对那个美国男人说：“现在我身上没带钱。我去酒店拿，你一起来吧。”

“你们在赌棋？”

井上这样问了，我只好解释了事情的来龙去脉。我觉得很不好意思，出了一身汗，井上随便附和了几句后，若无其事地说道：“我们跑吧。反正对方也不会日语。我喊‘一二三’，一起逃吧。”

不愧是从小学起就去国外学围棋的人，他胆子很大。

“那可不行。”我回答，“不管怎样，输了就是输了。”

“嗯。”

井上凝视了一下我的脸，说了句“我知道了”。又看向对手："再来一局。"

"不，你看起来很强。"

赌徒好像有某种嗅觉。井上不置可否，随口应了几声，把棋局弄乱，又摆了六枚黑色棋子。我想起来了。井上最厉害的不仅是计算力强，他很擅长闪躲对方的攻击，将对方带入自己的步调。

"我让你六子，来一盘吧，赌一千美元。"

经常有人说，下围棋让六子相当于赌上生命。因为人无法彻底预判围棋，所以随着局势的发展自然而然会产生混乱。但是如果先放上六枚棋子就基本不会输。这句话因此而生。

美国男人虽然很迷茫，但还是答应了比赛。在这时胜负已定。虽已放上了六子，男子担心发生意外就展开了防守。井上趁机进攻，像撒豆子一样到处下子，棋局形成了急场，最后形成了大劫。

黑子很快就失去了优势，等到终局时差距接近三十目。

"这么多吗……"男人面色憔悴，"结果是平局吗？"

"你说什么呢？一个子一千美元，你输了两万七千美元。"

这时对手也无话可说，井上说的确实是一个子一千美元的比赛。男人想着逃脱的借口，他一直低头看棋盘，突然意识到了什么。

“……你是职业棋手吧？”

“那又怎样。”

“职业棋手赌棋违规吧？”

“当然。”

对方放松了表情，“这里有一个……”

“就算我被禁赛一两年，之后也随时可以取得头衔。”

井上突然变得口齿伶俐，然后用拳头砸了下桌子。

“输了就是输了。你好歹也是一个赌棋手，怎么输了就要向全世界宣传？”

对方最终还是服软了。

尽管如此他也拿不出那么多钱，说自己有相田的消息也是撒谎。井上提议，事已至此就忘掉比赛，在附近好好喝一杯，由对方来付酒费。于是双方和解。

我一开始觉得我们让步了很多，但仔细一想，井上绝不是为钱所困的人。他更不会让人看到他的弱点。

我被井上出乎意料的一面折服，随后又有些不安。虽是他自己主动，但也是因为我他才会赌棋。带他来这边真的对吗？

回酒店时，前台递给我相田留下的字条。

字条上这样写着：我们已经买好票所以先出发了。如果有空就在这个地方碰面。我们大概会停留一周。

见面地点在NM[1]。井上喃喃道："是新墨西哥。"

听说是在美国西南部，不过具体是在哪里？"离这里远吗？"我问道。

和黑白对向小目[2]差不多吧。井上回了我一个不知所谓的比喻，随后又问我："你给他们留了什么？"

"最有用的消息。"我说，"我留言说我是井上，想和你再比一场，望回复。"

第三期本因坊战第一局比赛日期是七月二十三日至二十五日。近年的头衔战最长也就两天，但当时本因坊战的规定时间为十三小时，于是比赛分三天举行。

结果是岩本执白五目胜桥本。

第一局比赛前，广岛县警察部长青木重臣下了命令。青木是狂热的围棋迷，他和桥本交情不错，但他反对在空袭日益严重的广岛举行棋赛。青木这样告诫记录员：

"一旦他们开始下棋，你就马上通知警方。我马上命令他们解散。"

但是在濑越等人的努力推动下，比赛终于还是举行了。

广岛支部的藤井将自己家作为比赛场地，而且即使在战争中，他也为所有人准备了被褥和食物等，甚至还准备

---

① New Mexcico。

②指黑子与白子分别为方向相对的小目。

了挂在墙上的画轴。他不可能轻易退让。

据藤井所说，只要在室内，就不用担心格鲁曼机关枪的扫射，就算 B-29 轰炸机过来，大家只要一起躲进防空洞就好了。最后，人们一起围着记录员威胁他，刚好青木临时去了东京出差，第一局总算下完了。

青木从东京回来后勃然大怒，再也不肯让步。

这时，连桥本都开始流露出恐惧之情。

藤井原先期望所有比赛都在自己家进行。最后，岩本向藤井低头认错。藤井虽然不满，但本因坊都表示害怕，他也无可奈何，只能将自己准备的物资都给了他们。

第二局在几十公里外的郊区五日市吉见园举行。

——这个决定拯救了桥本、岩本以及濑越的生命。

留在广岛市内的藤井以及广岛支部的人员都因为原子弹爆炸去世了。

濑越的三子和外甥也牺牲了。从那之后，桥本因原子弹后遗症呕吐和遗尿症而烦恼，但这场比赛的参与人员都很长寿。见证人濑越于昭和四十七年（1972 年）去世，享年八十三岁；桥本平成六年（1994 年）去世，享年八十七岁；岩本则于平成十一年（1999 年）去世，享年九十七岁。

三人都为之后日本围棋的发展做出了很大贡献。桥本奠定了关西棋院的基础，岩本年过花甲依旧在世界各地奔走，致力于宣传围棋。

濑越的功劳最大。

他致力于“二战”后日本围棋的复兴，作为海外宣传的先锋，开设了日本棋院会馆，等等。在他门下，以桥本为首，还有杉内雅男、曹薰铉[①]、伊予本桃市、久井敬史等多名弟子，他牺牲了个人利益，将自己的一生都奉献给了围棋。

我们离新墨西哥州的阿拉莫戈多市并不是对向小目那么短的距离。到它附近的埃尔帕索市有直飞航班，但是不凑巧，航班一周只有一次，而且刚刚发出了一班，我们只能走陆路南下，中途觉得机会难得，就决定在拉斯维加斯住一晚。

“为了消除赌棋的厄运。”

井上找了个借口，我也同意了。

特地将水引到沙漠里，街道上到处都是人工痕迹，甚至连酒店里卖的饼干的包装袋上都印着“人造糖精”。不知道这是警告还是宣传，我们俩思考了一会儿，还是决定买一点美国特色的土产品。

“不知道从味觉教育的角度来看怎么样？”我说着无聊的话。

①韩国著名围棋选手，韩国棋院九段。

“说不定可以培养下围棋的人。”井上一脸认真地回答。

我在这家酒店意外地与故人重逢。

是我过去曾采访过的新泽麻将手。问了以后他说是趁有空闲时间过来赚一笔。

他和井上是初次见面，但两人都是在某个领域十分优秀的人物，很快就混熟了。

两人在掷骰子的桌旁待了不到一小时，就赚了一百美元，然后又过来送给我一些筹码。他们不愧是经常比赛的人。而我玩轮盘和扑克都输了，最后垂头丧气地在老虎机前坐下。

新泽喝了香槟，在我身后醉醺醺地和井上说着话。

“我很羡慕围棋棋手和象棋棋手啊。”

棋手们听到这些话可能会生气，但新泽就是能毫不犹豫地说出这种话。

“因为，这两种游戏强者就能赢。而麻将，毕竟要看运气。”

“围棋也看运气啊。”

“为什么？”

“这话我只在这里说，因为围棋也无法计算。”

可能是新泽的豁达让井上敞开了心扉，他说了平时绝不会说的话。

“毕竟是比赛，当然会努力计算，但是总会在某一步还没计算好就下了子。或者说，可能别人告诉了你真正的最好下法，你也理解不了。”

“哈哈，围棋会无法计算吗？那很好。”

新泽好像很在意井上的话，不断重复着：“是吗？无法计算吗？”

井上继续道：“——围棋是九成靠运气，一成靠技术。”

新泽很受触动，但并非只有井上这样认为。幻庵因硕也曾说过“围棋乃运之竞技”。正确来说，“仅凭胜负断定强弱实乃愚不可及，诸君应知晓此乃运气之艺术”。这是他论及本因坊道的[①] 与安井春知的比赛时所说。意思是只靠比赛胜负来说明强弱很愚蠢，毕竟围棋是看运气的。

“当然，运气并不是轻易就能抓住。”井上说，“就好像潜水一样。二十米……三十米……阳光也照射不到，眼前一片漆黑，什么都看不到。若不折返氧气就要耗尽，可能因此再也回不去了。即便如此还是要向下潜，朝着更深的地方，那时才会出现活路。但即使选择了向下潜，也有可能会输掉。”

我不禁想起了由宇在心里与冰壁搏斗的场景。

如果由宇和相田在，他们会说些什么呢？

---

①原名小川道的，为本因坊道策门下弟子。

翌日，我们在离开前去新泽的房间辞别。他说还会在这边待几天，靠打扑克赚钱。井上问他为什么要靠扑克。

“那还用说吗？因为能赢。”

“这种事只有你能做到。”

听着两人的对话，我突然感到了寂寞与挫折，我被这种很难说明白的感觉束缚。我觉得那两人是如此遥不可及。我是记者，并不是选手。不知井上是否了解了我内心的想法。

“快走吧！”他说着。

虽然车子并不会因此提前开动，我们还是早早地朝着巴士站走去。此行有时间限制——井上的头衔战迫在眉睫。

我的心里很不是滋味。

因为井上很有可能会说，即使放弃头衔战他也要和由宇比一场。

3

“下活棋……”

——第二局比赛前夜。

桥本宇太郎躺在床上，眼睛睁着，无意识地喃喃自语。

他不止有一位师父，其中一人还是受棋手们爱戴与尊重的长老级人物，也就是在此次比赛中担任见证人的濑越。桥本十三岁时就拜入濑越门下，两人是正式的师徒关系。另一位则是被围棋界孤立、甚至被逐出坊门也要坚持自己的美学直至死亡的野泽竹朝。

下活棋。

这是野泽经常教导他的话。

野泽在二十岁左右被称为“常胜将军”，与本因坊秀哉实力不相上下。但是三十岁以后，他在大正初期患上结核病，那之后的十三年间，野泽囿于神户，靠教业余爱好者下棋谋生。

他不好相处且说话刻薄，最擅长的就是惹人生气，待在神户时还引发了“笔祸[①] 事件”。他批驳了当时的权威本因坊秀哉和中川龟三郎等人的讲评，甚至还写了对这些人的评价，揭露了围棋界的秘闻，因此被逐出坊门。

桥本很受野泽器重。

野泽没有门生。当他身体不适不能教人下棋时，就会联系濑越说：“把桥本借给我。”那时桥本还处于学习阶段。不过，当桥本和客人下棋时，野泽总是会神不知鬼不觉地出现在他身后，他要是下了缓手[②] 就会被责骂。

“下活棋！”

经过两年的学习，桥本被允许入段。

---

①因写作所遭的祸殃。

②指对局中避开要害处而下在非要害处的松懈之着。

“二战”前，在围棋的世界里，弟子能和师父对局的机会只有两三次。第一次是拜师时的试验棋；第二次则是入段时的祝贺棋；第三次则是当前途无望归隐田园时的最后一次饯别棋。

然而濑越很忙，桥本好不容易入段，他却不能和弟子下祝贺棋。这时野泽主动提出：“我来和你下祝贺棋吧。”野泽让了三子，桥本赢了。野泽说：“我不接受。”于是决定下周再比一次。第二局桥本也赢了，野泽又说无法接受。于是找时间又下了第三局。

“连下三局祝贺棋，应该史无前例。”

后来，桥本想到野泽时这样说。

“别的棋手几乎不和野泽下棋，他应该很寂寞，所以才会这样做。下不了围棋的棋手，心里肯定非常空虚。”

野泽在晚年时也曾再次出山。

他参加了日本棋院与棋正社[①] 这两个瓜分了棋界对抗的组织——昭和元年（1926 年）的院社对抗。

为使这场棋战更加激烈，新闻社注意到了身处神户的野泽。为了在死前获得最后的荣光，野泽决定参加比赛。然而此时他已经是肺炎三期，随着比赛推进，他的病也越

---

①棋正社是日本棋史上重要的围棋组织，活动于大正末年到昭和前期。它开创了分先对局制度（不分段位一律猜先），完善了现代围棋的限时制度，创办过社刊《围棋》。

发严重。最后野泽独自在房间里下棋，通过第三者来传达着手。

但他在比赛中遭受惨败，最后甚至没下完十番棋。昭和六年（1931 年），五十岁的野泽与世长辞。比他年轻八岁但交情匪浅的濑越参加了葬礼，吊唁者仅寥寥数人。甚至没有买到卧棺，而是使用了将遗体摆成坐姿的坐棺。

他只留下了一句话。

“下活棋——”

“独一无二的宝物被海水夺走了，听到了人们开心的笑声……”

在重要的比赛前，很少有棋手能睡好。

和桥本一样，岩本也睡不着。他无声地唱着过去看到的一首歌，仿佛在告诫自己什么。那是他去巴西途中在船上的报纸上看到的，唱给在航行中失去孩子的父母的曲子。

航行持续了一个半月。

向西出发，南下到马来海后，船内暴发了麻疹。

为了防止乘客染上肺炎，船医命令大家关上窗户。但是天气炎热难耐，有人还是悄悄地开了窗。有名乘客的小孩因此患了肺炎，不治而亡。

小孩的尸体被水葬。在棺材上绑上铅块和沙袋，就这样沉到海里。

穿过新加坡、在马六甲海峡附近，又有一个小孩去世了。船内温度超过了四十摄氏度。从印度洋到好望角，又有七人去世。

年轻时的冒险。

这个决定性的选择使得他之后长达十年的时间里，丢失了自己的围棋。尽管如此，岩本心中仍然有一个理想。

——想要再一次，跨越海峡。

正因如此，他必须要取得实际成果。

岩本有一个夙愿。他想要创办一个能被称为国际围棋协会的机构。正因想将围棋推广到世界各地，所以要再次航海远行。

——现在，桥本和岩本肯定都在想着明天的围棋吧。

濑越这样想着。虽知不应该，但他还是笑了出来。战争中，而且是在空袭下，人们为了下围棋而不顾安危，实在是非常奇怪。更何况日本可以说败局已定，就算明天日本围棋界突然消失了也不奇怪。

但想到桥本和岩本，他觉得不可思议，却又感到了一丝希望。

濑越作为老前辈，自然有着不同的立场和使命。

濑越思考的事与那两人截然不同。

——战败后，最应该采取怎样的措施呢？为了让年轻棋手们在十年后，二十年后也能继续下棋，自己应该做些什么呢？战败后，新闻社应该还会赞助围棋界，但如果失去了赞助呢？

我已经过了棋手的巅峰期，再也不复与秀哉对弈时的实力。而且已经年近花甲，在围棋界几乎完全没有了作用。我只有尽我所能，不让围棋的灯火熄灭。把已经在内部养成的事物，释放到外界。

濑越已经在心底明确了自己的作用。

——使新的嫩芽伸展，不断枝繁叶茂。让围棋在战后也能不断扩张。

——增强这种可能性，哪怕只有一丝一毫。

4

在去往阿拉莫戈多市的大巴车上，井上取出平板电脑，问我能不能和他对弈，采取互先[①] 制。

但对手是一流职业选手，怎么着也该是我请求他和我下棋，而且采取互先制的话就不会让子，这样我完全不是他的对手。

---

①互先又称分先，指棋类对弈时的条件，表示两人棋力相当，可以由“猜子”的程序来决定谁先谁后的顺序。

我坦白道："我担心影响到你下棋。"

"你的下法很直接。"井上说道。

职业棋手间的对弈是比赛，攻防也虚虚实实，既体现情绪波动，也有临场应变能力。说起来这就是当代的围棋，他觉得靠这种下法赢不了由宇。所以想和我下一场"直来直往"的围棋，找回初心。

我还是觉得井上的这种说法是客套。

但这番话抹去了我今早感受到的一丝孤独。最重要的是，以后很难有和井上采用互先制下棋的机会了。

虽然我犹豫过，但还是决定陪井上做这种说不上是调整的调整。到下车前我们一共下了三局，我理所当然输了。看到井上干劲十足，我不由说了多余的话。

"你们也不一定真的能对局，还是不要太期待……"

"——我想和实力衰落前的由宇比赛。"

听到这句话，我沉默了。井上难为情地转移了视线。他可能误认为我在责备他骄傲自满。其实不是。我只是想到自己从很久以前就失去了这种炽烈而执着的感情，感到很害臊。

深夜时我们到了沙漠的另一边。迎面可以看到天琴座的织女星。

我们到阿拉莫戈多了。

我们本想给相田和由宇的房间打个电话，但觉得他们现在可能已经睡了，所以只是轻轻地敲了敲房门。发现没有回应后便直接上床，很快就睡着了。

当晚我做了个奇怪的梦。

在某个部族自治的山村里，我和朋友被禁止外出。

村子马上就要被占领。山脚被军队围住，时不时还有斥候[①] 跑上来。我们决定与村民并肩作战，躲在洞穴里和村里的战士们制定战略。这时村长突然叫我，所以我抛下友人走出山洞。

外面空气新鲜，山谷间雾气弥漫。

村长缄默不语，给我一根白桦树削成的旧拐杖。他是在告诉我，离开这里，活着回去吧。我拿着拐杖，独自走到鲜花盛开的山口……

次日，当我下楼时，井上已经吃完了早饭，正在喝咖啡。

与昨晚相反，我们担心现在去找他们是不是太早。

正当我们想着该如何是好时，服务员过来告诉我们：门口有一辆小型货车正在等待。询问之后才明白，好像是相田知道我们到达这边后安排了车辆。相田和由宇在日出前就去了某个地方。我们慌忙收拾好东西坐上车，司机一

①指古代的侦察兵。

言不发地启动了车，这时我们突然开始担心。

“这是要去哪儿？”

“很快就到了。”

地面上70号国道笔直地延伸向远处。在道路两旁，红色旷野渐渐逼近。几辆车发出响声超过了我们。过了二十分钟左右，车子右拐了。一块写着“国定公园”几个大字的看板映入眼帘。

目光所及之处都被染上了纯白色。

蓝色山脉被雾气笼罩，绵延至山脚的白色沙丘甚至让人感受不到距离山脉的远近。

地表覆满风纹。过去曾在沙丘扎根的牧豆树在沙丘移动后也如盐柱般顽强地扎根于此。

——四十摄氏度的“雪原”。

白色沙漠。

以地平线为分界线，现实的分辨率被分割。闪闪发光的白沙实际上是石膏。这个被称为第三次冰河期的湖泊，过去曾是古代阿帕切人[①] 向往的圣地。

到了这里，我终于知道这个地方代表了什么。

这里是1945年，世界上第一个进行原子弹爆炸实验的地方。

①北美西南部印第安人。

远处沙丘的山脊上有两个黄点。

是面对面的相田和由宇。

司机停车将我们放下，然后一言不发地离去。井上开始攀登沙丘，我紧随其后。鞋底与石膏碰撞发出声音。太阳升起，光芒从东边投射，将沙丘分割成黑与白两部分。啾啾啾，不知从何处传来鸟鸣。走到顶点时我几乎快要喘不过气。

相田和由宇正一起盯着平板电脑。

和井上的平板电脑是同一个型号，这款平板似乎很受棋手欢迎。两人没有交流，死死地盯着棋局。

我好像听到了棋子的声音。

虽然追上了他们俩，但是我们并没有搭话。可能是顾及我们的心情，相田站了起来："刚好摆完了。"

"这是'原爆下的对局'[①]吧。"

平板画面上显示的是终局图。

井上和相田交换了位置，他坐到由宇对面低下了头。井上讲了收官的几处顺序变化，由宇又说了别的变化。

相田看了二人一会儿，喝了一口矿泉水。

"由宇看到那张棋谱后，就说想在这里摆棋。"

一开始相田以为自己听错了，毕竟由宇曾公开宣称要

---

①指的是桥本宇太郎本因坊对战岩本薰七段。昭和二十年（1945 年）夏，本因坊战挑战赛六番胜负的第二局。

用抽象改变世界。这是封闭到极限之后才能说出的话，这句话也表明了由宇强劲的实力。但是——目不转睛地凝视盘上的抽象并将其归纳后，目光应该会如反抗一般转向极远处吧。由宇好像说过，自己想要确认仅凭一局围棋是否能与这里的景色与时间颉颃[①]。

在人类终于偷到太阳之火的这个沙漠里。

看着沉浸在讨论中的两人，我好像再次感受到了自卑。相田对着沉默的我说："好耀眼。"不知道是指面前这两人，还是阳光的照射。

相田缓缓开口。

"……第三天早上，对局基本已经进入终盘。"

一九四五年八月六日。

桥本第一百〇六手下得不错，第二局胜局已定。这时，从远处传来闪光，贯穿整个房间。接下来，房间迎来了地动山摇般的轰鸣。

爆炸的气流席卷了对局场地。

窗户玻璃粉碎，屏风和纸拉门都倒下了，门被震断，门框掉了下来，棋子也被刮得到处都是。刹那间大家都失去了意识。岩本伏在棋盘上，跑到院子里的桥本很快就回来了。房间已经坏了一大半。

---

①本指鸟上下飞翔。后指双方的较量不分上下。

“然后发生了什么，你知道吧。”

看到我摇头，相田继续说，

“两人将被刮走的棋子摆回原位，继续下棋——”

好像从某处传来风声。由宇和井上在争论围棋的先后顺序。既不是这样，也不是那样，说着，井上突然发现了完全没关系的一手，两人又开始围绕那手棋开始讨论。我问道：

“如果当时您在现场，您会怎么做呢？”

“如果是井上和由宇，他们应该会继续下棋吧。棋手总是在和内心的火焰斗争，对外部的火，并没有那么在意……”

相田暂时岔开话题，眺望了一下远处的群山，突然露出微笑。

“当然，我会带着想继续对局的由宇逃跑。”

这个回答让我很意外。相田是前任棋圣，我以为他会说肯定要继续下棋。我思考了很久该如何继续提问，但想象到他描述的场景，也不禁笑了起来。

“随时都可以再下围棋。”相田继续道。

“最近，我一边下棋，一边想象自己在狂风呼啸的漫长山脊上，山脊上只有一块很小的立足之地。左边是抽象之谷，右边是具象之谷。我不能掉到任何一边。”

围棋不就是代表抽象吗？我这样想着，但还是静静地倾听。

“所有的事物都保持着平衡。所以——围棋是五成抽象，五成具象。”

据说两人接下来会沿着东海岸旅行，还会去南美、欧洲等地追寻岩本的足迹。

除了西雅图，岩本还与世界其他很多地方结缘。

年近花甲的岩本为了完成夙愿——推广围棋而周游四方。后来他用个人财产设立基金，在世界各地创办了围棋中心。在最后创办的西雅图围棋中心，留下了那张棋谱。

岩本一直执着于跨越重洋，但他最后留下的却是“二战”即将结束时在日本的那一场对局。岩本在大洋的对面，或者说，他在围棋对面看到了什么？

我们暂时沉默了一下，注视着由宇他们。

由宇的表情看起来比以前更沉稳，我忽然有些担心。

“……由宇的围棋发生了什么变化呢？”

我很担心这件事。

毕竟井上只是为了再和由宇对局就跑到了这种地方。

“围棋的纵轴变宽了。”相田如此回答，“但是很遗憾，我再也赢不了由宇了。因此，我该考虑下一代的事了。从一名棋手，到所有棋手……”

沙丘的影子越来越长。

从沙丘底下传来说英语的声音。司机不知何时已经过来接人，而且等得很不耐烦。由宇点了点头，相田回复道："马上下来。"

由宇和井上的讨论暂告一段落，两人因对局时间产生了争执。

井上认为两人好不容易再次对局，应该设定为十三小时，尽情地下棋。

这也是"原爆下的对局"里桥本和岩本的对局时间。

但这样井上就无法赶上参加头衔战了。至于由宇，她虽已经退役，但也不想让棋迷们期待已久的头衔战落空。于是她用眼神向相田求助，相田理所当然般地说道："我知道了。由宇，你下三小时吧。"

"——好。"

那就是井上执子时间为十三小时，由宇为三小时，这样总计十六小时，对局为两日制，最后算下来能赶上时间。井上自然无法接受这一安排。最后决定对局时间改为八小时，两日制。还是相田更擅长随机应变。

我在一旁看着他们商量，终于想起了来这里的目的。

在车内，我问相田，新定式的书可以交给这边负责吗？相田回答说当然可以，我得到了他的允诺。

"暴风雨要来了。"

司机自言自语，打开了车头灯。感觉眼前像有墙壁快速逼近，白夜袭来。石膏碰到挡风玻璃就会弹开。本来路面就很白，现在已经完全看不清了。一辆车按着喇叭超过了我们。

“没迷路吧？”相田忍不住问。

“已经来过很多次了……只要能看到前面就不用担心。”

“明天还来这边吗？”司机问。

“明天去深海。”井上回答。

司机可能觉得井上是外国人，所以故意说错了单词，他讪笑着，默默地朝着阿拉莫戈多开车。

5

吃早饭时，井上在我对面坐了下来。因为马上就要比赛了，我只是静静地朝他点了点头，井上却一直在说话，并且吃了很多。

如果吃太多可能会影响下棋，实际上有些人为了让大脑灵活运转，会特意吃些甜食，不过总的来看棋手们都吃得很多。毕竟一整天，或者是整整两天都得劳心费神。如果不吃饭就无法保持体力。就算这样，还是有人会在一局比赛结束后瘦好几斤。

隔壁桌传来有人说英语的温柔声音。

我们来到了洛杉矶的酒店。就是为了让井上在比赛结束后能够立刻返回日本。出人意料的是，酒店里有围棋盘和对局计时器，附带桌脚的老旧三寸黑色桂盘，做工精美。但因为和由宇的轮椅高度不合，最后只能把桌脚拆除。那时我看到了隐藏在桌脚边缘的铭文，但只是一闪而过，我没有看清楚。

棋盘放在床边的桌子上，代替由宇拿棋子的自然是相田。

井上先手，他静静地扣动了“扳机”。

他下在了棋盘正中央的天元上。由宇的脸色突然变得严峻。只是这一手，房间里的气温便降低了很多。井上锐不可当的气势使整个房间鸦雀无声。

——中央的棋很难。

据说第一手是天元，就会有五六目的损失。尽管如此，挑战这一手的人很多。根据记录，昭和三十五年（1960 年）到昭和三十七年（1962 年）间就有二十四场天元棋局，其中大部分都是十几岁和二十多岁的棋手。天元是展示年轻棋手野心的一手。

由宇的第二手思考了两分多钟。

“十二,十。一间挂角。”

这一手决定了围棋的性质。可以说再现了昭和二十五年（1950 年）的东西对抗。黑子第一手为天元，白子则为小飞。这是恶手[①]，但也是互相之间的气势对抗。

井上走了飞步，由宇下在形成大场[②]的空角的高目上。井上则是下在对角的高目上。由宇接受挑战，刚开局就形成了空中战[③]。

两人都下了两处星位，空角终于消失了。从白子到角落的挂很普通，但由宇不仅是在角落，她在边线也放置棋子，她避开往中央区域下子。

“十五,八。大飞。”

我从未见过从中央到第五线的大飞。至少要飞到第四线占住边缘才更好，我虽然这样想，但看着看着就明白了其中深意。井上陷入沉思。

“五十米。”井上喃喃自语，“一百米。”

我感到呼吸困难，想要开窗，但这是对局胜负的关键时刻。

——这时现实的边界消失了。

房间里灌满了透明的海水，透明的鱼群无声地游过，然后消失。

波浪袭来，打在西海岸的海滨上然后破碎。有一名

①围棋术语，指的是走了这一步之后导致丢子或者导致局面劣势。

②围棋术语，指在围棋的布局阶段，应该下子的战略要点。

③围棋术语，指棋子都下在天元附近，棋盘中央的位置。

男子站在那里，身上包裹着像防护服一样的东西。在他身旁，是被海浪卷上岸边的、被食肉动物啃食、已经快要化成白骨的鲸鱼尸骸。男人说道，我只是没被当作人来对待。男人说道，我是面向对象[①] 制作的修罗[②] 。这件事，你知道吗？

然后我们看到了。

现在还残留着放射能量的、像雪原一般的虚无。我们看到了，害怕着空袭、在冷天呼出白气也继续坚持下棋的溜池棋手。我们看到了，一只又一只、壳子被打破、被扔进海里，蓄积了锶 90[③] 的椰子蟹。

我们看到了，在酒店天井里，吹动着阿拉莫戈多大气的巨大风扇。看到了八月六日不合时宜放晴的广岛，以及现在依旧竖立在那里的疏落碑铭。看到了第一次原子弹实验前，将世界的灭亡赌在几美元上的核物理学家们。看到了塞班、提尼安岛、贝里琉、硫磺岛上倾盆而下的一模一样的骤雨。

男人说道，去吧，然后再来。

所以我们奔跑着，在国境边干涸的河流上架设的锈迹

---

①这里是计算机术语。对象（object），是面向对象（Object Oriented）程序设计中的术语，既表示客观世界问题空间（Namespace）中的某个具体的事物，又表示软件系统解空间中的基本元素。

②阿修罗的简称。为六道之一，十界之一，最初为善神，后转为恶神之名。

③锶 90 是铀 235 的裂变产物之一，一般来自核爆炸或核燃料产物。

斑驳的长铁桥上。我们奔跑着，在引水到沙漠里建成的、海市蜃楼般赌博酒店街上那条煞风景的宽阔繁华街上。我们奔跑着，在被冰河融化的水打湿的羊肠小道上，在排列着抛物面天线[①] 的首都旧街市的雨季中。

男人说道，我制作了毁灭游戏的游戏。

像设计疾病一般，制定一个个规则。

被遗弃在国立公园里、阿帕切人用黑曜岩制作的古老箭头。从原住民那里购买到的岛屿，被信号灯、摩天楼、地下通道里荧光灯的冷光所覆盖。我们看到了油漆斑驳的浴缸，看到了弥漫着爆米花香味的电影院广告牌，看到了摆放着添加了人造糖精的果冻软糖的烟草店，看到了窗上的铁栅，看到了生锈的应急楼梯，看到了乳白色的水槽。血液分离，祈祷无法传达，怒火消失，语言没有混杂，天空上发出声音的B29轰炸机是鸟。

男人说道，我们的文明埋葬于此。

我们听着外部的冲击使天体摇晃，慢慢地摩擦作响。我们听着卷土重来的神话和法则的终结，听着未来将我们挖掘出土的那位考古学家的凿子声，听着穿过高通滤波器[②] 的真言。

什么时候能到国境呢?

---

①是指由抛物面反射器和位于其焦点上的照射器组成的面天线。

②允许高于某一截频的频率通过，而大大衰减较低频率的一种滤波器。

可以吃到螃蟹吗？有薄荷烟卖吗？

这是第几次文明？

男人说道，我被神做成了程序。

无论何时，我只拥有眼前这个瞬间，也就是现在。

我们看到了，与沙袋和铅块一起沉入海中的小孩子，看到了窗外灿烂的春色，看到了拨开鸡群卖东西的行商。

五十米。一百米。

我们在奔跑，带着手掌上残留的一丝死意，感受着天地与散落到各处的时刻表。奔跑在宽阔浑浊的黑色母亲河三角洲前的堤防上，奔跑在嘉永六年（1853 年）无情淹没道路的海洋暴风雨中，奔跑在郁郁葱葱的绿岛荒川河岸丘陵的遗迹旁。

男人说道，我也真的曾是战士。

出发吧。

我们看到了，东边天空上，锐利的青白色光芒刹那间使迟钝的天体咯吱作响。

对局已下至中盘。

整个盘面都在交战，四处都是互攻，直到现在没有一枚活棋。井上、由宇、相田三人屏住呼吸凝视着盘面。夕阳西下。

秒针的声音好像要将自己切碎一般。

——若不折返氧气就要耗尽，可能再也回不去了。

——即便如此还是要向下潜，朝着更深的地方。

我折返了。只有我不在这里的任何地方。

“封棋[1]。”井上说道，代替记录纸的是印着酒店名字的记事本，他撕下一张，将接下来的着手点写下来交给了我。看到他手上紧绷的肌肉，我好像到现在才明白，这是比我小一轮的年轻人赌上生命的战斗。

我深吸了一口气，将折好的纸收下。

“的确如此。”

“呼。”由宇叹了一口气，她很快出了一头汗。相田帮她擦去。我问：“哪边比较占优？”

井上回答：“不好说呀。我也不是很清楚。”此时紧绷的气氛终于缓解了。

“想吃点什么吗……”

“不过我们对这边也不熟……”

当晚，相田拿了两瓶啤酒到我房里。我问他由宇还好吗。相田说，由宇已经睡着了。啤酒瓶上凝结着冰冷的水珠，产生了一种与西海岸湿热的风并不相称的奇妙感觉。

“我想把这个给你。”相田突然说。

---

①如果比赛规定结束时间已到而对局没有结束，裁判应要求行棋方“封着”。该方必须把着法清楚明了地记在记录纸上。

那是一支犀飞利钢笔。应该是他自己用过的，有两三处瑕疵，但是笔尖顺滑，看起来很好用。

“我不能收。”我拒绝了。

“我再也不会用了。”相田如此说道，“所有该写的东西都已经写下来了，围棋技术也都传给了由宇。”

“我希望你能继承它。”他对我说。

“但是……”

“犀飞利这个牌子，是美国产的，这是美国人引以为傲的笔。也就是说，你写的东西必须要面向世界，会被翻译成英语。你也跨越了大洋。因此，在签合同和签名时，使用这支笔比较好。”

——在沙漠里再会时，相田可能看出了我的自卑和纠结。

钢笔很温暖。我好像听到他这样说：“停留在现实并不可耻。”我低下头，收下了这个和手掌一般大的“白桦杖”。

6

我读出封手棋，比赛继续。局面依旧难解难分，我好像又感受到海之幽灵又将脚下浸湿了。但我摇了摇头，这次一定要专心看比赛。

“好难……”一向沉默寡言的井上忍不住说道。

我感受不到这场比赛的重点，只是精神恍惚地看着。

黑子与白子都形成了四劫[①]。如果是将棋这就是千日手[②]，也就是双方打平。这样，优势方形成不了四劫，劣势方反而形成了。但坐在一旁的我和相田，甚至是由宇和井上都完全不清楚这个局面会怎样发展。

井上只要形成优势，由宇就会马上破坏掉；由宇摆好阵势，井上就反其道而行之。

又快吃饭了，进入了读秒，现在的形势下，无论哪方的大龙[③] 死掉都不为过。井上双眼凹陷，年长的相田也缄默不语，等待由宇的指示。

“……对不起。”

由宇喃喃，大家都明白了这场比赛的结果。井上慢慢地低下头，由宇宣告接受了劫。两人并没有进行劫争，井上作为见证人进行了裁定。因此，比赛结果为无胜负。但实际上可能是井上胜利。毕竟先因缺氧而折返的人是由宇。

天色已黑。

---

①又称“四劫循环”，指围棋对局中同时出现四处有关全局胜负的劫，若双方互不相让，一般判定为和棋。“四劫”现象比较罕见。

②将棋中，棋盘上棋子的位置、步数、剩余棋子的种类和数量完全相同的情况出现了四次。如果形成千日手，本局比赛作废。

③多枚棋子组成的整块棋子。一般指在棋局生死未定，可能受到对方攻逼、威胁的整块棋子。

相田急忙叫了出租车送井上。我们也都一起上车送他。井上最后还是来到对局场，实现了防卫，但在机场分别之际，他对我吐露：

“我经常会思考神明的棋盘。”

“什么意思？”

“那是一个无限广阔的盘面。然后在棋盘上，会发生有趣的事。追着棋子的征子[1]会变得像千日手一样，一直持续，不会结束。自然也无法下征子了。”

“等一下。”我打断他。

“不过有时也会追着征子。但那时棋盘整体会发生变化。”

“一开始并不是千日手，但是在追着征子的过程中不知何时会变成千日手。考虑到全体，将未来的盘面逐一回溯到现在，决定是否形成千日手。但是，人类无法知道这一阈值在哪里。”

我本想将两人的对局制成棋谱，却意外地困难。

通常，围棋下子都是顺着一定的流程，所以之后再现棋局并不难。但如果双方都使对方企图落空，持续不停地战斗，情况就不同了。相田在平板上输入着手时也好几次弄错顺序，还是我指出来了。

①征子，指一方棋子可步步打吃，最后提掉另一方棋子的情况。

“那里成劫。”

“是吗，是这边先吗……”

“是活棋呢。”我不禁这样说道。相田苦笑。

这样的比赛，只要稍稍松懈，对方就会乘虚而入，双方一直互不相让。但与此相对，由宇怜爱地眺望着棋盘，仔细地推敲着每一手棋。

相田和由宇马上就要飞去东部。分别之际，我问由宇：

“你还想着用抽象改变世界吗——”

“我无法回答。”由宇摇头，“如果撤回这句话，我的围棋就会变得软弱。但反观现实，棋手吞噬着一切不同的风景和缘分，虚无和失意，音乐、生活和时间，等等，接下来……”

突然间，由宇沉默了，她好像被看不见的墙壁阻挡。很明显是某些事物让她不想说出来。由宇想要这样说——**接下来是人类**。

接下来，由宇有些害羞地继续道：“如果心灵不健康，可能无法下好围棋。”

我如同小孩子一样问她：“你认为围棋是什么？”

由宇毫不犹豫地回答：

“九成意志和一成天命。”

解 说

我第一次接触此书是在第三十三次日本SF大奖上，当时我正好是评选委员之一。这次相遇令我感到很庆幸。除我之外，评选委员还有丰田有恒（评选委员主席）、贵志祐介、堀晃、宫部美雪等几位老师。对我而言，这几位都是德高望重的前辈。我还听到了前辈们的称赞和叹息。

大家从各种角度对此书进行了探讨，并且互相交流了感想，比我一个人读这本书更有感悟。值得一提的是，其他的候选作品也非常优秀。特别是和本书同时获奖的《机龙警察：自爆条款》（月村了卫），它的第二部《机龙警察：暗黑市场》获得了吉川英治文学新人奖。还有获得特别奖的《尸者的帝国》，它是由SF界的彗星伊藤计划和芥川奖作家元城塔共同执笔的。

我们并不是只针对一部优秀作品进行探讨，而是将其作为众多优秀作品中的一个，并围绕着获奖的要素、对其大大小小的优劣进行讨论。在讨论本书时，各位先生均发出了赞叹。当时，众人都如实地分析了此书是多么具有强度，要找到它的“劣”又是多么不容易。

这本短篇集不论视角还是主题都比目前的一些作品更丰富多彩吧。这儿要不要算上缺乏统一性的这个小瑕疵呢？不对，这种情况下宫内悠介应该已经用完全不同的理念完成了一部佳作。关于这一点，只要读一读在本书之后出版的《约翰内斯堡的天使们》便可知晓。该书也获得了SF大奖直木奖的提名。这一切明显说明，作者具有非同寻常的笔力和视角。

说到这里，就不得不提一提本书独创的视角，也就是本书的核心——“记者”这一角色（不过，这样有可能会将新读者拒之门外导致鸡飞蛋打，所以大家只要稍微了解一下有这种视角就可以了）。

我认为，这里的“我”是宫内悠介写完本书之前就已经收获的东西，用书里的话说就是达到“完全解”的方法。没有“我”，就无法像此书一样公平公正地去描写灰原由宇这样的人，这个“我”是作者本身，不是当事人。这个“我”是作者为了给主题画上轮廓而投射到自己身上的。作者用上帝视角凝视着主题，而自己却不在主题中，因为他不能牵扯到主题当中去，就像是传输手机信号的人造卫星。手机和用手机进行各种交流的是作者和读者，双方交流的内容就是主题，而高高在上掌控着这一切的就是人造卫星“我”。光是发明手机，或者光是发射人造卫星在小说中都没什么意义，必须要让它们保持在最合适的位置上。

为此就需要作者的强烈意志。顺便说一下，还需要极好的运气。套用书里的话说，就是“意志”和“天命”。没有这些努力，主题不过是无形而广漠的怪物。正是因为有投射，读者才能正确接收到作者发出的信号，就不会因这样或那样抽象的东西而产生混乱（当然也有只追求抽象的艺术，那个就另当别论。我不是要否定那些只想要没有联系功能手机的人，我可以理解他们想要那种手机的心情，但那些人大多不是从事语言工作的)。

这个投射中包含了多少努力呢。这个投射在宫内身上、将本书主题和读者联结起来的“我”令我非常感动。我感受到了作者自己开辟的未来。我还想继续看“我”所看到的东西，想靠近这个公平的视角，它既可以无限近距离地拍特写，又可以随时回到客观宇宙。

这个“我”用一种可以说是慈爱的目光注视着第一个单元故事中的，也就是书名中的两位主人公：灰原由宇和相田淳一。

灰原由宇不是普通的围棋棋手，她是一个失去四肢、极其悲惨的少女。但“我”看着她的“表情”，得出了

“她不一定很不幸”的结论。

本书最平静而美丽的高潮突然到来，让人想要暂时合上书本，感受它的余音。估计作者写到这句话的时候，还没有想到要写一个系列。但写完这一整章之后，“我”怜爱的目光又投向了接下来登场的人物。

在第二个单元《人间之王》中，“我”又赢来了第二个出色的高潮。

完全解，也正是游戏的毁灭，是降临于盘上的黑夜。

我在读第一个故事的时候，一直思考着为什么篇名是《盘上之夜》，而不是“黎明”什么的。不过在看到《人间之王》的时候，就瞬间理解了。与此同时我确信，这个短篇小说集和之前那些以赌博、比赛、心理战为主题的故事有着截然不同的境界。

什么是游戏？它为什么产生？又为什么需要它？游戏有终点吗，盘上所展现的人类智慧有穷尽吗？这类充满野心的主题就是在“我”和出场人物的问答间出现的。

而且在第三个故事《纯净之桌》中这种野心就突然燃起，说实在的，这让我大吃一惊。从读者的角度看，只会觉得非常震惊，他们会想，这就要开始了吗？

这一篇的主题是麻将，不仅在小说中，其实在各种大众传媒中，这个游戏都被当作赌博的代名词。与其说它是棋盘游戏，倒不如说是桌游，与围棋、将棋相比，这游戏更多靠的是运气和花招。孤注一掷的蛮勇、巧妙的心理战、人与人之间错综复杂的感情碰撞，故事仍旧延续原来吸引读者的方式，同时“我”又清楚地知道一切所有对局中的反转。

而且相对于第二章的计算机，麻将这章还引入了萨满教。计算机是规则（律法）的产物，因此它的身份就如同神父。而另一方面，萨满教是人追求神秘体验的产物。神父们讲述着社会的规则，规定人们“要这样做”，萨满教则用个人感受来传达不能用语言表达的真相。也就是说，作者在不断地提出人生存过程中都会遇到的两个问题。精神治疗是萨满教里的一个重要方面，但仅靠这点不可能将萨满教的一切都解释清楚。在这里，萨满教应该就是确保作者野心之火不断燃烧的木柴。

因为第四章《飞象王子》中释尊（佛陀）和其子的对话仍然延续了第二章与第三章的主题。反过来简单点说，就是那个围绕“人生的完全解和游戏的诞生”的对话。

我觉得，在这里作者是想让“我”凝望遥远的过去，借此远离那团野心之火。当然，这不是为了放弃野心，而是为了切实地实现它。这就确保了一种必要且稳定的公平性。

然后在第五章的《千年虚空》中则充分发挥了前面获得的公平性，作者硬是将错综复杂的人类感情放到了核心地位，就像在读萩原朔太郎的诗一样，会产生一种完全混乱与腐败的执念，而救济之法——也就是能显示“暴力的终结”的东西，便是将棋描绘的景象。反过来简单点说，这个故事就相当于在祈祷“人生的重来和游戏的终结”。

作者的写法俯瞰着过去的那些系列作品，他试图用第四章得到的冷静与稳重无比准确地写下那些动辄分崩离析、不知所云却仍不会让人觉得怪异的主题。说到底就是散文的写法。《历史之争》之类的不就是散文吗？但我认为，把自己投影在“我”身上的作者，在引入萨满教的时候，就已经意识到了只用散文是无法将思想表达清楚的。也许借助“我”这个身份写出来的那些话才是自然引申出来的结论。

在这里，结论就是指“神”这个概念的引入。“神”对于神父而言是终极律法，在萨满教里就是终极诗歌，是无法用言语形容的超越一切的存在。小说仍然维持着散文式的、普通小说的样子，同时又通过出场人物的眼睛来呈现棋盘上的神秘体验。

而诗歌的工作就是记录这一切。只靠散文的话，看起来就像一些“胡言乱语”。只能当成一种自我怜悯和疾病，“人生的重来”和“游戏的终结”也都会被关在病房之中。

不是盘上的夜晚，而是人生的夜晚即将来临，被抛弃在黑暗之中。只剩下恐惧，让人联想到萩原朔太郎的

《猫》里面的一句话：“哎呀，这家的主人生病了。”

而《原爆之局》让人期待在这样的黑暗中能出现新生。

这一章里，灰原由宇和相田淳一再次登场。

由于两人的重新出场，之前引入的所有主题都将开花结果，“我”一直看到了最后，还获得了一位非常可靠的搭档，就是那个单纯渴望和由宇对局的井上隆太。我把井上当作拐杖，千辛万苦来到由宇身边，成功出席了她所在的地平线。

在这个过程中，作者毫不避讳地引入了过去的视角。就是日本围棋史上原子弹爆炸当天的那场对局。人际关系结构都围绕着原子弹投下当天的那场棋局，它与作品的主题自然地交汇。我又联想到各种各样的诗歌，这是原爆之诗，比如说《生下来》。

“在这个如同无间地狱的地下室里，有一名女子即将生产。”

在原子弹爆炸中受伤的人们聚集在一起，忘记了自身的苦痛，照顾着产妇和新的生命，就像所有的出场人物在看护由宇和井上的对局。

虽然书中没有证据显示作者塑造了这样的情景，可从与原子弹爆炸这个词有关的各种语境中，比如毁灭性的爆炸、众多的死者、新生命的降临、历史的开端等，都令我联想到与原子弹爆炸有关的诗歌，就像《广岛的天空》。

“美丽而晴朗，广岛的蔚蓝天空。”

这一节中描写的天空同样出现在了正在对局的由宇和井上的头顶，或者说是出现在了深海中。

我能够若无其事地抒发这类不像是图书评论解说的个人想象，也是因为故事到了这里，已经是“五成抽象，五成具象”。

人生和游戏，重生和终结，神父和萨满，散文和诗歌，都是各占五成。

要是不将诗歌引入这篇散文解说中，这本书的万千读者与现在正在读这本书的我就没有办法互相通信。好比宫内悠介让“我”和盘上的空间相遇后，又让这本书成为“我们”第一次通信的主题。

井上下的第一手棋是最打动我的。引入游戏中的“神”化成诗开始言语的样子会告诉读者那种只能用个人感受去体会的神秘究竟是什么。

只有六个故事。

但本书还是成功达到了那样的境界。

不对，应该说是整整写了六章来坚持不懈地追寻那些想要到达某种境界的人。

要选择哪一种，取决于读者。

著作版权合同登记号：01-2021-1652

图书在版编目（CIP）数据

盘上之夜 /（日）宫内悠介著；彭泽莲，王雪妃译．— 北京：新星出版社，2021.8
ISBN 978-7-5133-4343-5
Ⅰ．①盘… Ⅱ．①宫… ②彭… ③王… Ⅲ．①短篇小说－小说集－日本－现代 Ⅳ．① I313.45
中国版本图书馆 CIP 数据核字（2021）第 016685 号

幻象文库

盘上之夜

[日] 宫内悠介 著；彭泽莲，王雪妃 译

特约编辑：刘盛楠　**责任编辑**：杨　猛
责任印制：李珊珊　**责任校对**：刘　义
封面设计：宋　涛　**校　　译**：李　昊

出版发行：新星出版社
出 版 人：马汝军
社　　址：北京市西城区车公庄大街丙3号楼　100044
网　　址：www.newstarpress.com
电　　话：010-88310888
传　　真：010-65270449

读者服务：010-88310811　service@newstarpress.com
邮购地址：北京市西城区车公庄大街丙3号楼　100044

印　　刷：北京美图印务有限公司
开　　本：780mm × 1092mm　1/32
印　　张：9.75
字　　数：250千字
版　　次：2021年8月第一版　2021年8月第一次印刷
书　　号：ISBN 978-7-5133-4343-5
定　　价：52.00元